Presented by
かのん
Illustrated by
四季童子
聖女の姉ですが、妹のための
特殊魔石や特殊薬草の採取をやめたら、
隣国の魔術師様の元で幸せになりました！
2

CONTENTS

プロローグ

恋とは、人を変える。

良い方向にも、悪い方向にも。

世界で自分と同じ種族に会えず、孤独な日々が延々と続くそれは、まるで暗い洞窟の中を進んでいく感覚に似ている。

記憶は常に曖昧で、心の中がずっと寂しさで埋め尽くされている。

「その、鳥頭はどうにかならんのか。どうしてすぐ忘れる。どうしてすぐ利用されるのだ」

一週間ほど一緒に過ごして、やっと隣にいたのがかつて一緒に旅をしていた友だと思い出す。

そう言われても、記憶は曖昧で、聖力の回復具合によっては幼子ほどの記憶力しかない時もあるくらいだ。

一週間で思い出しただけましな方だろう。

久しぶりに人型になり、大きく背伸びをする。

美しい髪の毛が風になびき、山頂の澄んだ空気を大きく吸い込む。

「久しいな。友よ」

「一週間一緒にいたがな」

「ははは。まぁそう言うな」

「はぁ……」

太陽が地平線から昇り始め、雲海を美しく照らしていく。

世界が光で照らされていくその様を見つめながら、白銀の髪の美しいエルフは友に向かって苦言を呈するような口調で呟く。

「そなたはいつも気がついたら眠っているからな」

「そんなことはないさ。さぁて、今度こそ運命の番《つがい》を見つけに行くか」

「毎回毎回……よくやるな。そんなに番が欲しいのか？」

「もちろん。……この世界は寂しいのだ」

「……そうか」

そんな会話から一か月ほどで、山脈の中、瘴気《しょうき》を放つ魔物を亡ぼす為に力を使い切った友。

水晶の中で眠る姿を眺めながらエルフはため息をついた。

ただ今回はまだいい方だとちらりと横を見る。

水晶の中で眠る友の前にて、涙を流しながら祈りを捧げる聖女がそこにはいた。

「……はぁ。難儀だなぁ」

恋とは人を盲目にさせるものなのだろう。

良い方にも、悪い方にも。

眠る友はなんともすっきりとした顔をしており、悔いはない。

それはそうだろう。

守ると決めた女を守り切り、人の世界を救ったのだから。

ただ、また次に話ができるのはどのくらい先だろうかと思うと微かな寂しさが胸を過《よぎ》っていく。

「まぁいい」

「あ、あの……」

聖女に呼びかけられたけれど、それに対しては興味はなく、静かに告げる。

「せめて、忘れないでやってくれ」

「……もちろんです……」

「それで十分だ」

人間とはすぐ死ぬ。

鳥頭というのはある意味便利なものなのだろう。

眠っている間に、きっと友はこの聖女のことも忘れていくのだろう。

番を探していると言うくせに、守った者のことも忘れてしまうなんてなんと滑稽なことなのだろうか。

洞窟の外に出ると、空には美しい星が輝いていた。

「はぁ……だからお前は鳥頭だというのだ。バカ鳥め」

その呟きは誰に届くでもなく、夜の闇へと溶けていった。

第一章　師匠からの手紙

夜空を見上げると、星が遥かかなた西の方へと流れていくのが見えた。

アイリーンとヨーゼフ様との一件があってから数週間が経ち、レーベ王国内部もだいぶ落ち着いてきたとの話を聞いた。

神殿の在り方も見直されていくと同時に、レーベ王国でも、聖女だけに頼るのではなく魔術も取り入れる流れが起こり始めているのだという。

私はそれぞれの王国が発展していくといいなぁと願いながら空へと手を伸ばす。

手を伸ばせば届きそうなほどなのに、掴むことはできず、星々は美しく空を照らす。

「綺麗」

標高が高い場所だから吐く息は白く、空気中に山脈から吹き抜ける風が特殊な魔石のかけらを巻き上げて星のようにきらめかせる。

その光景は美しいものだが、美しいだけではない。

私はマスクとゴーグルを取り出すと、それをつける。先ほどよりも風が強くなり、空気中に含ま

れる魔石のかけらが空気と混ざり合い始めた。

次の瞬間、空気中で、まるで弾ける花火のような光景が、時折見えるようになった。

「魔障が発生してる……早く下りた方がよさそうだなぁ」

魔石が砕けたかけらが空気中でぶつかり合い、魔石同士で衝突することで魔障という瘴気が生まれる。これは人体に悪影響を及ぼすので、できるだけ吸い込まないように注意が必要なものだ。

ある程度耐性はあるものの、できるだけ気を付けた方がいい。

地面を歩く度に、しゃくしゃくというような氷を砕くような音が響く。

私は魔術塔に帰ったら、温かい飲み物を飲みながらマフィンでも食べようと妄想する。

今回もきっちりと特殊魔石を採取することができたので、アスラン様も喜んでくれるだろう。

「早くアスラン様に会いたいなぁ……」

そう言えばと、ふと師匠からの手紙の文面を思い出す。

【恋人という男に会いに行く。

追伸　ローグ王国ガレア山脈鍾乳洞にて異様な魔障発生。原因については心当たりあり。詳しくはそちらに行った時に話す。採取の時には気を付けよ】

いつものように無駄のない手紙ではあったけれど、久しぶりの手紙の内容に、会いに行くという文面があり、私は内心驚いた。

師匠は私のことを弟子として大切にしてくれていたと思う。

だけれど、私の私生活に口出しをするような方ではなかった。

アイリーンの専属の採取者になると決めた時、最初は眉を顰《ひそ》めたけれど私の選ぶ道ならばと許してくれた。

そんな師匠が久しぶりに帰ってくる理由が、私の恋人に会いに来る為だという。

なんとも不思議な感覚。むずがゆいような、恥ずかしいような気持ちが胸の中を渦巻く。

「……何かしら。この感情」

胸に手を当ててみると、なんだかざわざわとした感覚が過っていく。

「はぁ。とにかく、師匠が来ることをアスラン様にも伝えなくちゃ」

アスラン様にはまだ言っておらず、早めに言わなければと思いながら、なんとなく言えていなかったのである。

私にとっては良き師であり、目標ではあるけれど、師匠は性格がいい方ではない。

なので、どのような対応を取られるかが心配である。

「はぁ。気が重いな。だけど、師匠に会えるのは楽しみだな」

師匠はしょっちゅう腰が痛いと言っていた。なので、師匠用の腰痛湿布薬をアスラン様と一緒に開発したのである。

喜んでくれるだろうかと思いながら、私はとにかく今はアスラン様に早く会いたいなという思いで、足早に山を下りたのであった。

帰り道は行きよりも早く感じる。

魔術塔へと着くと、私は改めてその外観を見上げた。

巨大な魔術塔は確かに塔の形をしており、外壁はレンガのように見える。けれどレンガではなく、明らかに魔石で造られた何かである。

「いつ見てもすごいなぁ」

「ふむ。君がそれほど興味を持つとは。一度どこかを砕いて調べてみるか？」

声をかけられ、私が驚きながら振り返るとそこにはアスラン様が立っていた。

美しい黒色の髪を一つに束ね、こちらを紅玉魔石のような魅惑的な色の瞳で見つめている。

「う……」

こんな美丈夫が、私の恋人。

そう考えただけでボフンと顔に熱が込み上げてきて、私は両手で顔を覆う。

「シェリー？　どうかしたのか？」

私の元へと歩み寄ってきた足音と、迷いなく私の頰に触れる手。

指の隙間からアスラン様を見上げると、やはりそこにあるのは美丈夫のご尊顔であり、私は声にならない悲鳴を上げた。

「シェリー？」

「すみません。なななななんでもないんです」

そう答えると、アスラン様は困ったように微笑みを浮かべる。それから私の手を取ると言った。

「ちょうど魔術塔に帰ってきたタイミングで会えてよかった。中へ入ろう」

「はいっ。あれ？　アスラン様は今日は外に出ていたのですか？」

いつもは魔術塔に籠っていることが多いのにと思い首を傾げると、アスラン様は大きくため息をついた。

「少し王太子殿下の元へと行ってきたのだが、問題があってな。君の意見も聞きたいという話になったんだ」

ジャン・ディオ・ローグ王太子殿下は以前聖女の力を反転させた呪いを受けたものの、その後無事に回復した。アスラン様とは旧知の仲であり、王城内で何か起こった際にはよく相談にも乗っていると聞く。

「問題ですか？」

「あぁ。だが君も帰ってきたばかりだ。少し魔術塔で休憩をしてからにしよう。さぁ行こう」

アスラン様に手を引かれ、私は魔術塔を上ると、三人が書類の山から頭をのっそりと出しているのが見えた。

「シェリーおかえり～」

「もう帰ってくる時間!?　早いなぁ」

「おかえりぃ。お茶入れるねえ～」

ベスさんとミゲルさんとフェンさんは、三人とも目の下に隈ができており、私は苦笑を浮かべた。

そしてフェンさんがお茶を入れると言ったことで、三人とも一緒に休憩しようと、机の上の荷物をどけて準備を始めた。

ただ、どけると言っても、右から左に移す作業であり、片付けているとは言い難い。

私が自分の荷物を下ろそうとした時、アスラン様から手招かれた。

「どうしたんです？」

「シェリーのデスクを作ったんだ。ほら、こっちを使って。荷物もこちらに収納すればいい」

「え？」

真新しい机と椅子、そしてその横には棚があり、私は瞳を輝かせた。

「え!?　私が使っていいんですか!?」

そう尋ねると、アスラン様は微笑みを浮かべてうなずいた。

「もちろんだ。君の為に準備をしたんだからな。待たせてすまなかった」

「わぁぁ！　ありがとうございます！」

私は机の元へと足早に移動すると、指で机を撫で、それから椅子にゆっくりと座ってみた。

「えへへ」

なんだか嬉しい。椅子はくるくると回るようになっており、机の上にはペン立てや飾り棚もついている。そしてそこにはアンティーク調の置時計と、可愛らしい水晶で作られた花のライトが備え付けられている。

「可愛い」

ベスさんが私が喜んでいるのを見て、にやにやとしながら言った。

「アスラン様が、直々に選んでたんですよぉ～。サプライズ大成功ですねぇ～」

「ヒューヒュー！」

茶化そうとするミゲルさんを、ティーポットやクッキーをお盆に乗せて戻ってきたフェンさんが注意する。

「ミゲル～。お前がもてないの、そういうとこがあるからだぞぉ～」

「ぐへっ……フェン。お前」

「まぁそれだけじゃないけどね～。さ、シェリー！　お茶しましょ！　アスラン様も！」

私達は一時的に綺麗になった休憩用の机を皆で囲むように座る。

ここで皆でお茶をするのも最近習慣になってきており、アスラン様が今度この机も少し大きめのものに新調しようかと呟いている。

フェンさんがお茶をついでくれて、ベスさんは優雅に紅茶にお砂糖を入れている。よくよく見るとかなりの量を投入しているので、大丈夫かと少し心配になる。

ミゲルさんは唇を尖らせて不満そうな表情を浮かべていた。

アスラン様は机に、王城からの帰りにお店で買ってきたというマフィンの箱を乗せた。

このマフィンは街でも有名な菓子店のもので、アスラン様はよく買ってきてくれる。

「差し入れだ。さぁ、皆でいただこうか」

アスラン様の言葉に私達は瞳を輝かせた。

「「「ありがとうございますー！」」」

皆で食べるマフィンはとても美味しい。だけれど、ベスさんが入れてくれた紅茶は砂糖の味しかしなかった。いつものようにフェンさんはそれを噴き出し、ベスさんはこの美味しさが分からないなんておかしいと呟いている。

お菓子を食べ終わった後、私はアスラン様に呼ばれた。

魔術塔の中はいつもごちゃごちゃとしているところがあり、定期的に掃除をしないと大変なことになるので、私はちらりと様子を見つつ、また時間を作って片付けなければと思う。

アスラン様の机の上に地図が広げられた。それはローグ王国の地図であり、アスラン様はガレア山脈鍾乳洞の位置を指さした。

「この位置にて原因不明の魔障が発生しているらしい。シェリーの意見も聞かせてほしいと王太子殿下から言われたのだ」

「ガレア山脈鍾乳洞……実は師匠から手紙が届きまして、魔障が発生しているので気を付けるようにと書いてありました」

その言葉にアスラン様は眉間にしわを寄せ、考え込むように腕を組む。

「魔障か……現象としては知っていても、研究分野ではかなり未開拓なのだ。シェリーが知っていることを聞いても？」

「はい。師匠から習ったことと私の経験則からのお話はできます」

「ありがたい。では一度王城へ行き、ジャンの元へと向かいたいのだがいいだろうか。疲れているだろうから明日行くようにしても大丈夫か？」

私は今すぐにでも大丈夫なのになと思ったけれど、こういう時、アスラン様は絶対に私に休憩を挟ませる。

今までは休憩をせず、自分の判断で動けるという時には採取を続けてきたが、アスラン様に急ぎ必要なものでない限りは無理をする必要はないと諭され、それからは定期的にちゃんと休むようになった。

こんなに好待遇でいいのだろうかとたまに思うけれど、アスラン様には、普通の採取者であれば一月《ひとつき》かかる仕事を一週間で終わらせているのだから、焦ることはないと言われ、時間の使い方を考えさせられる。

「私は大丈夫です」

そう答えると、アスラン様は微笑みを浮かべ私の頭を優しく撫でる。

それが最近心地よくて、つい、頭を撫でる手に吸い寄せられていく。できればずっと撫でていてほしいし、ぽんぽんとして、そしてぎゅっと抱きしめてほしい。

そう思いちらりとアスラン様を見ると、アスラン様が一言悩ましげな顔で言った。

「あまり可愛い顔で見ないでくれ」

「か、かかかか、可愛くありません！」

私がそう叫んで、しまったと思っていると、ベスさんが笑い声をあげた。

「アスラン様が甘々でおっかしぃ～」

それに同調するようにミゲルさんも声をあげた。

「恋がしたいなぁ！　恋が！　春がやってこないかなぁ！」

そんなミゲルさんを諭すように、フェンさんが言った。

「そうだねぇ。そうする為には性根を一から叩き直さないといけないからねぇ」

「お前辛《しん》らつだな！」

いつも魔術塔の中は賑やかだなぁと思いながら、私は恥ずかしさが落ち着いてくると、ちらっとアスラン様を見た。

「私、ここに来られて本当に良かったです」

そう言うと、アスラン様もうなずく。

「シェリーがここに来てくれて私も嬉しい」

最近、不意に甘い雰囲気が流れるようになってきたような気がする。

私はドキドキとしながら胸を押さえたのだけれど、アスラン様の机の上に乗せてあった特殊魔石

の資料本に気づき動きを止めた。

「それは……もしや新刊ですか？」

「ん？　あぁそうだ。シェリーも読むだろう？　注文しておいたんだ」

「嬉しいです！」

甘い雰囲気が一瞬で霧散する。けれど、それでもこうした資料本というのは魅力的でしょうがない。

アスラン様の瞳もきらりと輝く。

「後ほどこの本についてお互いに意見を交わさないか？」

「いいですね。やりたいです」

私達のやり取りに周りの三人が声をあげる。

「ひー！　また講義が始まるぅ〜」

「ちょっと二人共！　読むのは構いませんが、こちらまで巻き込まないでくださいよ！」

「確かにねぇ。仕事進まないですよねぇ〜」

そう言うけれど、三人はいつも仕事よりも自分のやりたいことを優先しているので、アスラン様は肩をすくめた。

「ならば、仕事として組み込んでやろうか」

「「さぁ〜て、仕事するかぁ」」

三人は素知らぬ顔で仕事を始め、アスラン様はため息をついたのであった。

翌日、私とアスラン様は支度を整えると王城へと向かう。

今回は王城にある応接間の一室にて王太子殿下と話をする予定となっており向かったのだけれど、城の中はいつも煌びやかであり、少しおどおどとしてしまう。

応接間へと案内され中に入ると、すでに王太子殿下は席に着いており、紅茶を飲みながらこちらに視線を向けた。

「おはよう」

「あぁ。おはよう」

「お、おはようございます」

ジャン様は立ち上がると、私の手を取り甲へと唇をつける。

「今日はシェリー嬢に会えて幸運な日だ」

なんと無駄のない動きだろうかと思って見ていると、アスラン様がハンカチでさっと私の手の甲をぬぐった。

それを見ていた王太子殿下は笑い声をあげる。

「何とも嫉妬深い男だな。シェリー嬢、もしこの男が嫌になったらいつでも私のところへおいで」

「変なことを吹き込まないでいただきたい」

「嫉妬深い男は嫌がられるぞ」

王太子殿下の言葉に、私は思わずくすりと笑った。

「あ、いえ、むしろ好物です」

しまったと思ったのは二人の目を丸くした様を見た時であった。

私は両手で口をふさいだ。

顔が熱くなっていく。恥ずかしくてたまらなくなってうつむくと、王太子殿下はからかうように言った。

「相思相愛とは幸せだな！」

「ええ。幸せです」

アスラン様がそう真顔で返すものだから私はいたたまれなくなったのであった。

その後話題は魔障のことへと移り、私達は席に着く。

私はポシェットの中からいくつかの小瓶に入った特殊魔石を取り出すと、それを机の上に置いた。

「魔障とは、魔石が砕けたかけらが空気中でぶつかり合い、魔石同士で衝突することで生まれるものです。ただ不思議なのは、この鍾乳洞は空気中の水分量が多く、かけらが空中に散布されにくいはずなんです。ですから、比較的魔障が発生しにくい場所なんです」

「では何故？」

「その為には調査をする必要があると思います。問題なのはこの魔障が起きている位置です。この鍾乳洞の下流域には、小さな町があります。そこに魔障が流れ込んだら大変なことになります」

そう告げると、なるほどとジャン様は考え込み、今度はアスラン様が口を開いた。

「シェリーは何か原因があると考えているか？　これは自然発生的なものなのだろうか。魔障を人為的に起こすことは可能か？」

「自然発生的なものが多いです。ただ、魔物が関わっていることもあります。人為的に魔障を起こすことは……かなり難しいと思います。空気中に大量の魔石のかけらを散布させないといけませんし……そもそもこの魔石のかけらも扱いが難しいです。扱いを一歩間違えれば散布する前に大爆発を起こすこともあります」

私は机の上に並べた魔石を指さしながら言った。

「これはガレア山脈鍾乳洞の魔石です。純度の高い特殊魔石が多く、その多くはぶつかることのないものばかりです。そもそもぶつかっても魔障を生む可能性の低いものが多いのです」

だからこそ、どうして魔障が発生しているのか。

「現地で調査するのが一番確実だと思われます」

ジャン様は私の言葉にうなずくと言った。

「アスラン、シェリー嬢、直接ガレア山脈へ向かい調査をしてほしいのだが、いいだろうか」

私とアスラン様はうなずいた。

「もちろんだ」

「分かりました！」

私達はジャン様に返事をし、ガレア山脈へ調査をしに向かうことになったのであった。

第二章　聖なる島

ガレア山脈鍾乳洞は一番近い下流の町を出立して丸一日はかかる位置にある。

それ故にある程度支度が重要であり、私とアスラン様はしっかりと準備を行ってから魔術塔を出立することとなった。

町までは移動装置であるポータルを使って移動をし、そこからは徒歩である。

私についてくる為にアスラン様は魔術薬を飲んでいた。

「シェリーは自分が思っている以上に速い。最初の時にはかなり驚いたものだ」

アスラン様の言葉に、そうだったのだろうかと思いながら王城内にあるポータルに乗る。

私が採取者となったことで魔術塔の横に移動の為の施設が一棟建てられた。

最初は自分なんかの為に良いのだろうかと思ったけれど、案外皆さんが利用しているので、それならばよかったとほっとした。

アスラン様に申請を出したのちにそのポータルを使って移動するようになったことで、作業効率は遥かに上がった。

ポータルで私達は町へと移動をすると、まずは情報収集の為に二手に分かれて魔障について尋ねて回る。

最近異常はなかったか、気になることはなかったか、小さなことでもいいからと聞いて回り、私とアスラン様は合流を果たして情報交換を行っていく。

「こちらでは、鉱山に入った人物から、最近地震が頻繁に起こるという情報が手に入った。あと、山脈の方から夜になると怪しげな光が見えたとの情報もあった」

「私も同じことを聞きました。あと女性達の中で、川の水の色が少し濁ったり、水量が変わったりということもあったとの情報を得ています。念の為、水の魔障濃度を計測してみましたが、今のところは問題はないようでした」

「ふむ……とにかく一度しっかりと見るしかないな」

「そうですね」

私達はうなずき合うと、山脈に向かう為に足を進めた。

天候もよく、今ならば順当に登っていけるだろう。ただし、調査自体は明日になるだろうなと思ったのであった。

元々一日は野営する予定であり、その為の食材などもポシェットに入れてきてある。

アスラン様が晩御飯は振る舞ってくれると言っていたので、実のところかなり楽しみにしている。

そして楽しみがあると、足取りは軽くなるもので、最初はなだらかな丘のような道をさくさくと歩いていると、アスラン様が口を開いた。

「シェリーは本当にすごいな。息一つ乱れない」

「ふふふ。だってまだ丘で緩やかな道ではないですか」

そう言っていると、丘の中腹で休憩をしている人達が見えた。

ぺこりと頭を下げると、汗だくになりながら飲み物を飲んでいた。

「普通はあぁなる。ずっと坂道だし、町を出てすでに小一時間は経っているからな」

「本当ですか？」

感覚的には軽いお散歩くらいの気持ちだ。

私達はそのまま山道を登っていくのだけれど、途中から大きな道ではなく横に逸れた鍾乳洞へと向かう道の方へと進んでいく。

そこから一気に山道が険しくなり始め、足場も悪くなっていく。

途中までは草木の姿も多少はあったけれど、今では岩肌が見えた山道が続いていく。

「アスラン様、こっちの道は滑りそうなので、道順を変えます。足元に気を付けてついてきてください」

「分かった」

傾斜がかなりあり、一歩一歩登るのも難しくなり始める。場所によっては両手両足を使って慎重に登らなければ進めない箇所もあった。

私とアスラン様は道に気を付けながら安全に一歩一歩進み、そしてかなり登ってあと少しというところで日が傾いた。

私は近くにあった大きな岩の上でアスラン様に言った。

「今日はここで野営をしましょう。あと少しの位置に鍾乳洞の入り口はあるので、ここからであれば明日の朝一から、調査ができるかと思います」

私の言葉にアスラン様はうなずいた。

「ではここで準備をしよう。魔術具のテントの設置を頼んでも？　私は今晩の食事の準備をしよう」

その言葉に私はうきうきとしながら、ポシェットから食材を取り出し、シートの上に並べ始めた。

今日の晩御飯をとても楽しみにしていたので、ここまで頑張ったご褒美のような感じがする。

うきうきとしていると、私が持ってきた材料を見てアスラン様が驚いたような顔をした。

「こんなに持ってきたのか」

「はい！　その……実は楽しみにしていまして……」

「ははは。じゃあ頑張って作るとしよう」

「わー！　嬉しいです！」

アスラン様は食事の準備へ、私は魔術具のテントを組み立てていく。

この魔術具のテントは魔術塔の三人が開発してくれたもので、組み立てるだけでどんな暴風にも耐えるという代物《しろもの》だ。

地面に杭を打ったりせずに組み立てられるという優れものであり、私はできた当初感激をした。

その他にも三人からは、一人での採取は危ないということで、高級魔術具である緊急退避用魔術具も渡されている。ただ、これはかなりの金額がするものだと知っているので、やすやすとは使えないと私は思っていた。

ただ、人から心配してもらえるというのはこんなにも優しい気持ちになれるのだなと私は思った。

テントを組み立て終えた私が手伝いへ向かうと、アスラン様はすでに手際よく準備を進めていた。

切られた野菜や肉はトレーの上へと乗せられており、アスラン様は折り畳み式の鉄板を開き、その上で焼く準備を進めていく。

その他にも、パンやチーズなども用意されており、私はそれを見てわくわくとする。

「あれ？　アスラン様、この鉄板、特殊魔石を加工して作ってありますか？」

私の問いかけに、アスラン様は口角をにっとあげると嬉しそうにうなずいた。

「いくつかの特殊魔石を組み合わせて作ってみたのだ。相性の良い魔石は、相互的に効果を発揮してくれる。見ていてくれ」

アスラン様はそう言うと、手に持っていたスティック状になっている魔石を鉄板にスライドさせるようにシュッとこすりつけた。

次の瞬間、岩の上に置かれていた鉄板が赤くなり始めた。

「まだ試作段階で改良の余地はあるのだが、相性を考えながら作ることによって、応用が利くのだ。

今この鉄板は熱くなっているが、特殊魔石で作った別のスティックでこすると」

そう言ってアスラン様は今度は青色の魔石スティックをこすりつけた。

赤かった鉄板が青色へと変わり、冷気を放ち始める。

「わぁぁぁ！　すごいです」

「特殊魔石の扱いは難しい。だが、うまく使えばこのように良い品が出来上がるから面白い」

アスラン様はもう一度赤色の魔石スティックで鉄板をこすり、その上に野菜とお肉を乗せていく。

良い匂いが香り始め、私は飲み物の準備をしつつ、ふと視線を町の方へと移した。

空が少しずつ闇へと呑み込まれていくように橙色から紫色へ、そして黒色へと変わっていく。

空が暗くなれば、小さな町の灯りがちらちらと見え、私はそれを見つめながら呟く。

「綺麗ですね」

もしも魔障が町へと流れ落ちれば一瞬で呑み込まれることになるだろう。

そう思うと、胸が苦しくなる。

「今のところは大きな問題にはなっていない様子だったな……調査次第では避難を呼びかけなければならないだろう」

「そうですね」

「さぁ、思い悩んでも解決はしない。今日は英気を養って明日に備えよう」

「はい！　美味しくいただきます！」

「あぁ。美味しく食べてくれ」

微笑ましげにこちらに視線を向けられて、ちょっと恥ずかしくなる。

アスラン様は鉄板の上に深い小さめの鍋を置くと、その中にチーズを切って入れて溶かしていく。

「ふわぁぁぁ。ち、チーズが、とろとろです」

「うまく溶けてよかった。チーズに付けて食べるとうまいんだ」

「こ、これは罪ですね。罪深いです。絶対に美味しいやつです」

「あぁ」

私はアスラン様に勧められるままに、まずは王道のパンからいくが、そこから手が止まらない。

野菜を付けて食べるのも美味しいし、パンの上にチーズを垂らし、その上に肉を乗せて食べると、もうここは天国かっていうくらいに美味しかった。

「い……生きていてよかった」

それほど美味しくて、しばらくは夢中で食べた。

食べ終えた後は片付けを済ませ、最後に、アスラン様がはちみつ入りのホットミルクを入れてくれた。

温かなそれは体に染み渡り、ほうと息をつきながら私は空を見上げる。

「星が綺麗ですねぇ」

「あぁ。そうだな」

満天の星の下で、美味しいものを食べてお腹いっぱいになり、そして、ホットミルクを飲む。最高すぎないか。

こうやって二人で過ごしていると、アスラン様と初めて出会った日のことを思い出す。

あの時は、心の中がズーンとして不安の中で山を登っていたなと振り返る。

アスラン様は、小鉢を取り出すと、薬草を煎じる準備をし始めた。

私はその姿に笑みをこぼす。

「出会った時と同じですね。ふふふ」

「あぁ。そうだな。シェリーのおかげで色々魔術も思いつき、便利にもなってきたが、こうやって少し面倒だが丁寧に煎じて作り上げることもまた、魔術にとっては大事なことだ。そうだシェリー。燐灰石草《りんかいせきそう》をもらってもいいだろうか？」

にやっと笑って私に視線を向けるアスラン様。私は笑みを返してからポシェットからそれを取り出した。

「はい。どうぞ」

「ありがとう。ははは。初めて出会った時、この薬草の保存状態の良さには実はかなり驚いていたんだ」

「ふふふ。そうなんですか？　私は最初アスラン様を見た時、精霊が焚火しているのかと思いました」

「精霊？　冗談だろう？」

「いえ、アスランさまってそれくらいに美しいので」

「いやいや」

「あ、謙遜しなくて大丈夫です。アスラン様が美しいのは皆分かっております」

真顔でそう告げると、アスラン様は肩をすくめてから薬草を煎じ始める。

薬草や魔石を混ぜて煎じ、それを魔術陣に乗せて魔術を発動する。基本的な魔術はそのようにして出来上がる。

基礎はやはり大事であり、それができないと、応用もできない。

アスラン様が煎じる姿を眺めながら、私はちびちびとはちみつ入りのホットミルクを飲む。

私はこんなに幸せだと、後から不幸がどっと来るのではないかと、明日の調査が少し怖くなったことは秘密である。

私とアスラン様は翌朝、太陽が昇る前に片付けを済ませていく。一人での作業よりもやはり二人での方が効率的であり早いなと思う。

山の空気は澄んでいて、それでいて冷たい。

胸いっぱいに吸い込むと、体が冷えていくようなそんな感覚がした。

「行きましょうか」

「ああ。行こう」

私達は出立すると、霜が降りているのか歩く度にしゃくしゃくとした音が響いて聞こえた。

気温自体は低すぎるわけではないのだけれど、おそらく地形と気候、そして地中に含まれる魔石の成分が関係しているのではないかと思われた。

私とアスラン様は基本的に登っていく最中は無駄なことはしゃべらない。

ただひたすらに前を向き登るのだ。

そして、鍾乳洞の入り口に立ったところでやっと私達は一息をついてから口を開いた。

「やっと目的地ですね。魔障が発生している可能性があるので、マスクをつけて行きましょう」

私がそう言うとアスラン様はうなずき、お互いに透明なマスクをつける。

このマスクはアスラン様が作ってくれたもので優れものだ。呼吸が苦しくないというのが一番の特徴であった。

私は自分の周りに増えていく素敵な魔術具に、昔の何もない頃にはもう戻れないなと思ってしまう。

そして何よりも嬉しかったのは、以前よりも採取が格段にしやすくなったことだ。

以前までは普通のマスクだったのでタイムリミットを決めて、自分の体調を見ながら採取を行う他なかった。

けれど、このマスクのおかげで、時間を気にせずに安全に採取ができるようになった。

魔術具というものは、採取者の能力をさらに引き上げる道具であり、私はもっとうまく使えるようになりたいと最近は思うようになった。

私は足場を確かめながらアスラン様と共に鍾乳洞の中へと入る。

中は暗いので魔術具のライトをつけて進んでいく。

水の音が中から聞こえてくるので、おそらく水場もあるのだろう。

それならばなおさら魔障は起こりにくいはずなのにと思いながら歩いていくと、私は一度足を止めた。

「シェリー。どうかしたのか？」

アスラン様の言葉に私はうなずき、それから視線を彷徨《さまよ》わせると言った。

「アスラン様。見てください」

私はそう言うと、ライトを壁の方へと近づけた。すると、壁にうっすらと青白く輝く光る粉が付着しているのが見て分かった。

「灰簾石《かいれんせき》特殊魔石が砕けてそれが壁にこびりついています。これは魔障が発生していた証《あかし》でもあります……でも、今は魔障が発生している感じはありませんね」

「そうだな」

今は空気中の水分量も十分にあり、それだから魔障が空気中に散布するようなこともない。

けれども魔障が起こった形跡は確かにある。

私とアスラン様は鍾乳洞の中をゆっくり進んでいった。暗い中で足場も悪いけれど、ゆっくりと確実に進んでいると、灰簾石特殊魔石が壁に付着している量が次第に増えてきている。

「おそらくこちらですね」

「……魔物がこの魔障の原因の恐れもある。シェリー。気を引き締めて行こう」

「はい」

私とアスラン様は緊張感をもって前へと進んでいく。

その時であった。

突然、無音の風圧のような衝撃が私とアスラン様を襲い、私達は驚きながらも身を低くしてその衝撃に耐える。

次の瞬間、壁に付着していた灰簾石特殊魔石の粉末が一気に空中に散布し、他の魔石のかけらとぶつかって魔障を発生させていく。

「やはり、何かしらの外的要因によって発生しているようですね」

私が衝撃に耐えながらそう言うと、アスラン様もうなずく。

「とにかく、この奥を見に行ってみよう」

「はい！」

私達は少しずつ少しずつ進んでいくと、風圧は突然収まった。

奥へ行くとかなり広い空間があり、その中心部に美しい泉のようなものがあった。

ただ、深さはなく、透き通る水が五センチほど溜まっているだけで、泉というよりも水たまりに近いのかもしれない。

そしてその中心部に巨大な水晶が、浮かぶ島のようにそこにはあった。

「あれは……」

しかもただの水晶ではなかった。

「鳥？」

美しい黄金色の鳥が、水晶の中で眠っているかのようにそこにはいた。

「……綺麗……綺麗な鳥」

「これは……」

アスラン様は魔術具を使い鍾乳洞内を明るく照らすと、周りの様子も鮮明になった。

壁には灰簾石特殊魔石の粉末が大量についており、光が当たるとキラキラと反射して輝いて見えた。

私とアスラン様はその様子を見回しながら、ゆっくりと中央にある水晶へと歩み寄っていった。

水晶の中の鳥はとても美しかった。

「こんな鳥初めて見ました」

人ほどの大きさのその鳥は、翼を広げればさらに大きいだろう。

「私も、初めて見るな……これは一体……」

この鳥はなんなのだろうかと思っていた時のことであった。

先ほどと同じ風圧のような衝撃が突然起こり、しかも先ほどよりも強く感じられる。

「これはっ！」

「この、この鳥か!?」

鳥の入っている水晶からのその衝撃は、まるで波紋を広げていくかのように怒っていることが分かった。

私達が身をかがめてその衝撃に耐えていると、灰簾石特殊魔石の粉末が空中に舞い上がり、他の魔法石と反応を起こし、空気中でパチパチと光を発し始める。

そして一部では、相性の悪い魔石とぶつかり合い、小さな爆発が起こっている。

「これは、なんと厄介な」

アスラン様の言葉に、私も同意するようにうなずいたと同時に衝撃は収まる。

「これが……定期的に起こっており、さらに頻度が増していったならば……魔障がもっと発生していくでしょうね」

「そうなれば、町の方にも影響が出るかもしれないな」

「はい」

この鳥は一体何なのだろうかと思い、水晶に触れようとすると、不意に視線を感じて私は後ろを振り返った。

アスラン様も何か感じ取ったのだろう。

同時に振り返っていた。

「これほどすぐに気づかれるとは思っておりませんでした。いやはや、さすがでございます。さすがでございます」

パチパチと手を叩く男性がそこにはいた。

中肉中背の男性は、紫色の髪を肩ほどで切りそろえられている。

糸目の男性は、口元に笑みを湛え、何を考えているのか分からない。

その服装はまるで神官のようだけれど、どこか怪しげな雰囲気があった。

「某《それがし》は、聖女様を崇拝し、聖女様こそ神と崇め奉る聖女教の使徒ゼクシオでございます。この度は、聖なる鳥様の元へと導いてくださりありがとうございます」

私とアスラン様が身構える中、ゼクシオと名乗る男は恭しくこちらに向かって深く頭を下げてくる。

突然のことに私達が警戒をしていると、ゼクシオは言った。

「シェリー様。この深く歪《いびつ》な鍾乳洞で迷うことなく聖なる鳥様の元へと進めるその力、感嘆いたしました」

「……一体、何を言っているの？」

私がそう尋ねると同時に、ゼクシオの周囲にある魔石が輝き始める。

何かに呼応するかのような光に、私とアスラン様が身構えた直後、ゼクシオは祈りを捧げるように手を合わせ、それから呪文のような言葉を口にし始める。

ただしそれは、私達の知っている言葉ではなかった。

「シェリー。あれは聖女教の聖力を使った呪文だ。何か仕掛けてくるぞ」

聖女教というものについて、一応の知識だけは私も持っている。

聖女という存在を妄信的に崇拝する宗教であり、聖女こそがこの世界の神であり救い主であると考える宗教団体である。

ただ、そこまで大きな宗派ではないことと、レーベ王国でもローグ王国でも禁止されている宗教であり、関わったことはなかった。

それが何故今私達の目の前に現れるのかが分からなかった。

次の瞬間、地面から光る草がうごめき、私とアスラン様を搦めて捕まえようと伸びてくる。

「……聖女アイリーン様からお話は聞いております。ですので、お二人を離して、力の貸し借りができないようにいたしましょう」

次の瞬間、私とアスラン様を引き離すように光が飛び交い、攻撃し始める。

私達の距離が開き、その中央にゼクシオが立つ。

「ははははは！　お二人にはしばらく身動きをやめていただきたい」

いくつもの光が私達を搦め捕ろうとするけれど、私達はそれをよけながら移動する。

「アスラン様！　魔術具の使用許可を申請します！」

「緊急時は使用許可を取らずに使ってもいいぞ！」

「了解しました！」

私はポシェットの中から魔術具の手袋を取り出すと、それを装着する。

そして、手の甲に付けられた魔石のスイッチを叩きながら私は言った。

「モード、炎！」

魔石の色が赤く変わり、私は手を握ってから開く。

赤々とした炎がその瞬間私の手から放たれ、光が打ち消される。

「なっ!?　そ、それは一体何なのですか!?」

ゼクシオが焦っている間に、アスラン様が魔術具のペンで魔術陣を空中に描き、持っていた小瓶の蓋を魔術陣の前で開けた。

その瞬間、魔術陣が青白く輝き、そして広がると、光たちを包み込み、収縮させて消していく。

「どうして!?　どういうことなのですか!?　こ、これは一体!?　貴方達が、こんなに強いなどと聞いていません！」

その言葉にアスラン様は呆れたように言った。

「私は魔術師だ。そして魔術具を開発する魔術塔の長《おさ》でもある。シェリーが来てくれたおかげで魔術具はさらに発展した。緊急時の魔術陣の使い方も色々と改良中だ」

「私の手袋は魔術塔の皆が作ってくれたんです。これで攻撃力アップですよ！」

私達に挟まれ、ゼクシオが驚いた表情を浮かべている。

アイリーンの一件があってから、私達はそれぞれが独立して戦えるように、ある程度準備をしておくべきだという認識の元これまで過ごしてきた。

私は元々師匠に武術を教え込まれているので、魔術具を使えるようになってから戦い方の幅が広がった。

私の手袋は魔術塔の三人が作ってくれたものであり、魔石を叩いてモードを言うとそれに反応して威力が変わる代物だ。

そしてアスラン様の小瓶の中には、私が採取してきた特殊魔石や特殊薬草で作ったものが液体として入っている。

小瓶を開くことで魔術陣に反応して魔術が使用可能となる。

改良の余地はまだまだあるものの、実用できるようにと二人で訓練してきている。

「何がしたいのか分かりませんが、とにかく、大人しくしてください」

私がそう言うと、ゼクシオは苛立たしそうに表情を歪めた。

「ほーら、貴方一人じゃだめじゃない」

「え？」

聞こえてくるはずのない声。

聞き慣れた声。

懐かしいその声に、私が驚きながら視線を向けると、そこには、最後に見た時よりも遥かに痩せた、いや、やつれたような姿をしたアイリーンがいた。


薄暗い廊下。

どこまでも、延々と、ずっと、ずっと、薄暗い。

あの日から私の世界は灰色へと変わった。

「私は謝ったのに……どうして許してくれなかったの……お姉様……」

長い廊下の先には、神に祈る為の広い空間があり、天井に取り付けられたステンドグラスから、日の光が差し込む。

それに向かい、私は神殿の中の掃除が終わってから祈りを捧げ続ける。

たった一人きりで。

ここは神殿の地下であり、天井の位置は丁度地上へと出ている天窓であった。つまり私が見上げているのは地上。

昔のような豪華な部屋も、素敵な洋服も、アクセサリーも何もない。

今の私は質素な聖女服に身を包み、毎日を繰り返すだけ。

そして私が唯一話ができる相手は、朝昼晩と、私の様子を監視し、食事を与えに来る神官だけであった。

しっかりと日課は済ませているかのチェックは入るけれど、それは私が神殿に祈りを捧げている間にやってくる。

誰とも顔を合わせることのない生活は、想像していたものよりも辛いものだった。

なんで、私がこんなに苦しい目に遭わなければならないのだろうか。

神官は私に罪と向かい合うようにと言ってくる。

私の罪って何？

婚約者だったレーベ王国の王子ヨーゼフ様とお姉様が仲良くするのが嫌で、お姉様を追い出したこと？

お姉様の採取したものを、ヨーゼフ様と一緒に売り払ったこと？

ヨーゼフ様の言う通りに、堕落した聖女の力を使ったこと？

でも……謝ったじゃない。

私は拳をぐっと握ると、地面にドンっと勢いよく叩きつけた。

どうして許してくれないのだろうか。

私は聖女で、ちゃんとここで毎日大人しく生活しているのに、一体いつになったら許してくれるのだろうか。

豪華な料理も食べられなくなって、素敵なアクセサリーだって手に入らなくなった。

毎日毎日祈りを捧げて……。

まぁそのおかげで、太っていた時よりも体は痩せて軽くなったし、体内に聖力も戻ってきた。

ただし、私は自分の胸の中にある小さな黒い、堕落した聖女の力のかけらが残っているのには気づいていた。

早くこれを消し去りたい。

そう思うけれど、それは胸のあたりを行ったり来たりしては、私をあざ笑うようにうごめいているのだ。

「一体……いつになったら許してくれるの？」

私は苛立ち、床を何度も何度も手で叩きつける。

「謝ったのに、謝ったのに！　謝ったのに！　……どうして、どうしてよ」

「本当に、なんと酷い人達なのでしょうか。聖女様をこのように暗い場所に閉じ込めて」

「え？」

音もなく、その男はそこにいた。

「某の名前は、ゼクシオ。貴方様の忠実な僕《しもべ》でございます」

恭しく頭を下げたその男は、にやりとした笑みと糸目が胡散臭い雰囲気を醸し出していた。

「なんでここにいるの？」

「貴方様のお迎えに参りました」

「は？　……お姉様が、私を許してくれたの？」

その言葉に、ゼクシオは笑みを消すと首を横に振った。

「アイリーン様。貴方様も話は聞いていると思いますが、貴方様はここに生涯幽閉の身でございます。姉君様が許したとしても、出られることはありません」

ひゅっと、息を呑む。

そうだ。

何回も聞いた。

けれど現実が呑み込めなくて忘れていた。

「じゃあ……なんで貴方は迎えに来たの？」

ゼクシオはアイリーンの手を取ると、静かに言った。

「アイリーン様、アイリーン様こそが真の聖女様でございます。堕落した聖女から回帰された貴方様こそが、この世界の神でございます。我々はだからこそ、貴方様を迎えに来たのです」

「我々？」

「はい」

そう言うと、いつの間にか取り囲むようにして真っ白な装いの者達が現れ、膝をつき、私を崇める。

「我々は聖女教の教徒であり貴方様の使徒。貴方様の為に命を捧げ、貴方様の為ならば何でもいたします」

その言葉に、私の心臓がどくりと鳴る。

「私の為なら？」

「もちろんでございます。貴方様の幸せが我らの幸せでございます」

私は、口角がすっと上がっていく。

私を大切に思い、私の為に働いてくれる人間がいる。

そう思えば思うほどに、心臓がどくどくと脈打ち、笑みが深まっていく。

「あらぁ。ふふふふ。いいわ。いいわよ。貴方達の神様になってあげる」

気持ちがいい。

私は久しぶりの高揚感を味わいながら、両手を広げた。

すると、皆が拍手を送ってくる。

あぁそうよ。

私はこうやって人々に愛される存在なの。

お姉様とは違う。

許してくれないような、心の狭いお姉様とは、私は、違うのよ。

感情の高揚。

けれど、ふと冷静になれば……ただ、この人達もまた、私ではなく聖女としての私しか見ていない。

そのことに気づき、高揚した感情が次第に冷静に和《な》いでいった。

そこにいるのは、確かにアイリーンである。

レーベ王国の聖女だった妹のアイリーンは、婚約者のヨーゼフ様と共謀して堕落した聖女の力を使い王国に混乱を招いた。その一件によってヨーゼフ様は廃嫡されて離島へ流刑となり、アイリーンは神殿の牢へ幽閉されたはずである。

それが何故ここにいるのか。

最後に会った時よりも遥かに痩せて、元の体形よりもさらにほっそりとしたように感じられた。

それでいてどこか憂いに満ちた雰囲気があり、こちらをゆっくりと見つめてくる姿に、まるで別人と対面しているような気持ちになった。

ただ、以前と変わらないのは、身に着けているものだろう。

聖女らしく白いドレスに身を包んでいても、指には宝石がはめられ腕にもじゃらじゃらと腕輪を付けている。

「お久しぶりね。お姉様」

そこにいるのはアイリーンなのだけれど、どこか違う。そう私は感じながらも口を開いた。

「アイリーン……どうしてこんなところにいるの？」

こんな場所に、アイリーンがいるわけがない。

そう思い呟くと、アイリーンはゼクシオの横に立ち、それから指に付けた指輪を眺めながら呟く。

「どうして……そうねぇ。私は本来ならこんなところにいるべきではないわ」

「そうよ、貴方は」

「そう、私は本当なら、ヨーゼフ様と結婚して王妃の座にいるべきだった」

「え？」

アイリーンはそう言うとわざとらしく大きくため息をつく。

「けれど、私は結局ヨーゼフ様に騙されて……っそして……お姉様にも裏切られた」

「え？　裏切られた？　アイリーン……何を言っているの？」

私の言葉にアイリーンは苛立たしそうに舌打ちをすると言った。

「なんで許してくれなかったの!?　お姉様！　私は、私は謝ったのに！　ちゃんと！　謝ったのに！」

謝ったのに？

私は呆然としてしまう。

確かにアイリーンは謝った。だけれど、謝ったからといって全てが許されて、全てが元通りになるわけではない。

そんなこと、考えれば分かるはずだ。

「アイリーン……謝ったからといって、貴方の罪が許されるわけないでしょう」

「は？　なんで？」

言葉が通じていない。

そのことに気がつき、私はアスラン様へと視線を向けると、アスラン様は首を横に振った。

「何を言っても無駄なようだ。分かっていないのだ。自分が犯した罪の重さも、何もかも」

「うるさいわね！　貴方がお姉様を誑《たぶら》かしたのね！　はぁぁぁあ。ねぇ、お姉様。チャンスをあげる」

一体何を言っているのだろうかと思っていると、アイリーンは仕方がないとばかりに言った。

「私の採取者に戻るなら、許してくれなかったことも裏切ったことも水に流してあげる」

「何を言っているの」

「……あの時、私はちゃんと謝ったわ」

再度告げられ、私はあぁなるほどなと思った。

アイリーンはあの時から何も変わっていないのだ。

一度決別したはずのアイリーン。

もう二度と会うことはないと思っていたアイリーン。

自分の心がかき乱されるような感覚に、私は、ゆっくりと深呼吸をして一度瞼《まぶた》を閉じて考える。

アイリーンが変わっていなくても、私は変わった。

今大切にしている人達を思い浮かべ、それから、私ははっきりと告げた。

「私はもう二度と、アイリーンの採取者に戻ることはないわ」

「そうよね。私の採取者に戻るわよね……は？　なんですって？」

驚いた表情を浮かべたアイリーンは、私のことを睨みつけた。

「何をバカなことを言っているの？」

「バカではないわ。アイリーン。ちゃんと、理解してちょうだい。貴方は、堕落した聖女になり果て、そして王国を危険にさらしたの。その罪で幽閉となったはずよ。いい？　幽閉。つまり、外には出られないの……処刑されなかったことに、本当に感謝すべきなのよ」

妹にこんなことを本当は言いたくはない。けれど、それが事実であり、それ以上でもそれ以下でもない。

「黙りなさい……もう、もう！　いいわ！　お姉様なんて、お姉様なんてもう知らない！　はぁぁ。ゼクシオ。さっさと用件を済ませていきましょう」

「アイリーン様、よろしいのですか？　採取者としては最高の人材なのですが……」

「いいわ。もうお姉様なんて知らない」

「かしこまりました。では、聖なる鳥様を入手して早々に引き上げましょう」

アイリーンはうなずく。それを見ながら二人の目的はこの鳥なのだと思い、私とアスラン様は視線を交わす。

何に利用されるかも分からないものを、そうやすやすと渡すわけにはいかない。

「アイリーン。お願いよ。罪をちゃんと償いましょう」

「嫌よ！　……お姉様だけは、お姉様だけは私のことを……もういいわ！　とにかく鳥さえ手に入ればいい」

ゼクシオは私とアスラン様に向かってまた植物の蔓《つる》を伸ばしてくる。

その間に、アイリーンが鳥の元へと行くのが見える。

「アスラン様！　こちらをお願いしてもいいですか!?」

「分かった！」

「アイリーンを止めます！」

ゼクシオの攻撃をアスラン様が防ぎ、そして一気に接近戦へと持っていく。

私はアイリーンに向かって走った。

アイリーンは先に鳥の元へと着くと、その前で祈りを捧げ始める。

一体何をしようとしているのかと思っていると、アイリーンの聖女の光が、鳥へと流れていくのが見えた。

ただ、光の中に黒い小さな竜のようなものが一瞬見えた。

「アイリーン……今のはっ!?」

次の瞬間、衝撃波に似たものが水晶から発生し、アイリーンは吹き飛ばされた。

私は伏せてその衝撃に耐える。

壁に付着していた特殊魔石の粉末が一気に空中に散布し、再び魔障が発生し始める。

マスクをしていないアイリーンとゼクシオに私は声をあげた。

「魔障が発生する！　そのままだと死ぬわ！」

私の言葉に、アイリーンは笑う。

「私は大丈夫よ。ゼクシオもね」

「え？」

どうして？　そう思う私に、アイリーンは勝ち誇った表情で口を開いたのであった。

「私とゼクシオにはそれぞれ神から授かったアイテムがあるもの」

神から授かったアイテム？

すると、ゼクシオが誇らしげな声で言った。

「某達、聖女教の使徒が生み出し、聖力を込め続けたアイテムです。これを身に着けておけばどのような瘴気も問題はありません」

「そうよ。それに、少し制限はあるけれど、私のネックレスの方はね、瞬間移動だってできるんだから！」

「アイリーン様！　それは内密にと！」

「いいじゃない。私だけの特別製なのよ！　ゼクシオ。私がいいって言っているんだからいいのよ！」

「は、はい……それは、そうでございますが……」

「これよ。見て」

アイリーンはネックレスを私の方へ見せる。

銀色のネックレスは美しく輝いており、それをうっとりとした瞳で見つめながらアイリーンは言った。

「これのおかげで、ここまでも一瞬だったわ。楽よねぇ。ふふふ。こういうものがあれば、お姉様なーんて不必要になっちゃうけれどね！」

確かにアイリーンは突然現れた。

そして魔障に対しても害がない様子である。

どんな仕組みなのだろうかと思いながらも、今はアイリーンとゼクシオを捕らえることが優先である。

「さーて、おしゃべりもしたし……邪魔するなら、お姉様でも容赦しないわ」

「某も、容赦はしません」

身構える二人に対して、私とアスラン様はじっと様子を窺う。

魔障はかなり濃くなってきており、ところどころで火花が散ったり、氷が発生したりと魔石同士のぶつかりによる現象が起きていた。

このままではこの場が魔障で包まれるのも時間の問題だろう。

私達が身構えると、アイリーンの祈りに呼応するように光が現れ、洞窟内にある魔石がそれに反応し、弓矢のようになってこちらへと向かって飛んでくる。

それをアスラン様が魔術によって防ぐと、ゼクシオは呪文を唱えながら拳を振り上げてくる。

私は、その拳を受け止めると腕を掴み、勢いよく投げ飛ばした。

その辺にいる男性にだって負けない自信がある。

顔を歪めたアイリーンとゼクシオに、私達は対峙する。

私もアスラン様もここを引くことはない。

「なんで……なんで邪魔するのよ！　私は、私はもうあんな場所には戻りたくないの！　その為には鳥が必要なのよ！」

叫ぶようなアイリーンの言葉に、ゼクシオが少し慌てたように言った。

「アイリーン様。アイリーン様はその存在自体が尊いお方。確かに聖なる鳥様がいればさらに使徒は増えるでしょうが、いないからといって貴方の価値が下がるものではありません」

するとアイリーンは唇を嚙み、それから苛立たしそうに拳を握る。

アイリーンが何かを隠している時にする癖だった。

おそらく、ゼクシオにすら隠している何かがあり、それを解消する為にアイリーンは鳥を手に入れようとしているのだろう。

一体何の為に必要なのか。

けれどおそらく、ゼクシオが思っている以上にアイリーンにとっては重要であり必要なことのはずだ。

「何を隠しているの？」

そう尋ねると、アイリーンは私を睨みつけた。

「隠してなんていないわ！」

「鳥に何の力があるというの？」

尋ね方を変えると、アイリーンはちらりとゼクシオの方へと視線を向ける。

「ただ……聖女教と言うならば、聖なる鳥という象徴があった方がいいと思っただけよ。その方がきっと、私の使徒達も喜ぶでしょう？」

「アイリーン様！　某達のことをそのように考え思ってくれていたのですね」

「ええ。私も、貴方達の聖女として頑張りたいから」

「アイリーン様」

とんだ茶番劇である。

アイリーンは確実にゼクシオに言えない何かを隠している。

先ほどから何度もアイリーンの癖が出ており、それを見ているとこの子は小さい頃から嘘をつくのがへたくそだったなと思った。

懐かしいけれど、もう、昔には戻れないのである。

そう思い、気合を入れ直した時、突然、ぐらりと地面が揺れた。

「え?」

私が視線を感じて振り返ると、水晶の中で閉じていたはずの鳥の目が開いていた。

私の視線は、鳥の視線と真っすぐに重なっていた。

ゆっくりと、ピシピシと音を立てながら水晶にはひびが入っていく。

それに、アイリーンが笑い声をあげた。

「聖なる鳥様が目覚めたわ！　ふふふ！　さぁ！　私の力をもっと受け取って！」

そう言うと再びアイリーンの光が鳥の方へと送られていくのが見えた。

キラキラと光るその美しい光は、鳥へと吸い込まれていく。

そして次の瞬間、鳥は悲鳴を上げるようにして叫ぶと、錯乱するように暴れ始め水晶は砕け散った。

「な、何故!?」

ゼクシオはそう叫び、アイリーンが唇を噛んで苛立った声をこぼす。

「なんで……なんでよ」

「アイリーン様！　原因は分かりませんが、聖なる鳥様を現段階で連れていくのは難しそうです。一度退避しましょう！　このままではここが崩れます！」

「なんでよ！　もう！　もう！」

「アイリーン様！」

「分かったわよ！　お姉様。じゃあね」

次の瞬間、アイリーンはネックレスを唇に当てる。すると、ゼクシオと共に、アイリーンの姿が忽然と消えてしまった。

「シェリー！」

アスラン様は私の元へと駆けてくると、鳥からの攻撃を魔術で防ぐ。

片腕でアスラン様に抱きかかえられた。

「とにかく、鳥を保護するぞ！　何かすごく興奮しているが、原因は先程の光か!?」

アスラン様の言葉に、私は魔物に対峙した時に使う、特殊薬草の団子玉をポシェットから取り出すとそれを鳥に投げつけた。

団子玉は鳥に当たった瞬間に砕け、その煙に包まれた鳥は一瞬動きを止める。

「アスラン様！　鎮静作用によってしばらくは動きを止めていると思います」

「団子玉か！　シェリー！　静寂の特殊薬草もあるか!?」

「あります！　どうぞ！」

「助かる！」

アスラン様は手際よく片方の手で魔術陣を出現させると、そこへ特殊薬草と私が追加で出した浄化の特殊魔石も加えていく。

アスラン様はそこで魔術式を構築して混ぜ合わせ、魔術陣を完成させていく。

魔術陣が輝き、鳥の上空で発動し始める。

次の瞬間、魔術陣がきらめいた。

「ぴえぇぇぇぇぇぇぇぇぇ」

鳴き声と共に鳥の周囲に新たな煙が立ち込め始め、そして気がつくとそこには、可愛らしい手のひらサイズで真ん丸の、ふわふわとした小鳥がいた。

ふらふらとこちらへと飛んでくると、小鳥は私の手のひらにぺたっと体を転げさせた。

「ピヨ」

「え？　……鳥さん？　え？　鳥さん……可愛い」

「まさか……かなり、縮んだな」

「ピヨ」

私とアスラン様は、小さくなった鳥をまじまじと見つめた。

「うーん。先ほどまでの力は消え失せているし、ふむ。危険はなさそうだが」

「そうですね。とても可愛らしいだけです」

私とアスラン様はじっと鳥を見つめていたのだけれど、ぐらりとした揺れを感じ、周囲を見回した。

鳥の悲鳴のようなもので発生した魔障が、かなり広がっている様子である。

「とにかく一度、ここから退避しよう」

「そうですね」

アスラン様は、周囲を見回してから平坦なところでカバンの中から小瓶を取り出し、それの蓋を開けた。

「吸収開始」

呟いたと同時に、場に広がっていた魔障がその小瓶の中へと吸い込まれていく。

数秒もしないうちに魔障のほとんどが小瓶に吸い込まれ、そして最後にキュルルッポンという音と同時に蓋が閉まった。

「すごいですね」

私がそう言うと、アスラン様が首を横に振る。

「広範囲は無理なので、まだまだ改良が必要なのだ。だが、このくらいならばある程度は魔障が解消できただろう」

「これなら、町へ流れることもなさそうですね。それにおそらく魔障の原因は……」

「そうだな」

私とアスラン様の視線が鳥へと向かうと、鳥はなんのこと？　とでも言いたげにピヨ？　と鳴いて首を傾げた。

可愛い。

おもむろに鳥ちゃんを胸元へと入れようとすると、アスラン様が驚いたように目を丸くした。

「何を!?」

「え？　あ……鍾乳洞の中には他にも毒性のものがあるかもしれないので、できるだけ吸い込ませないようにと思いまして」

「あ……だ、だが」

返事を待たずに胸元にぽんっと鳥ちゃんをしまい込むと、アスラン様に言った。

「一度外へ出ましょうか」

「あ……あぁ」

アスラン様はまだ何か言いたげな表情を一瞬向けるが、とにかく外へと出る方が先だろうと判断し、共に歩き始めた。

途中、もぞもぞと鳥ちゃんが動くものだから、私はくすぐったくて変な笑いがこぼれる。

「ふはっ。ちょっと、くすぐったいよ。動かないで」

「ピヨピヨ」

「……シェリー、やはり……出した方がいいのでは？」

「あ、ふふ。大丈夫です。行きましょう！」

アスラン様は終始こちらを気にしている様子だったけれど、くすぐったいだけで問題はなかった。

私達は鍾乳洞を出ると、ほっとひとまず息をついた。

そして私とアスラン様はマスクを外し、大きく深呼吸をした。

「はぁぁぁぁ。空気が薄いけど美味しいですね！」

「そうだな」

鍾乳洞の中では薄明かりしかなかったので、太陽の光が気持ちいい。

私とアスラン様がしばらく光を浴びていると、胸元にいた鳥ちゃんが外へと飛び出してきた。

「ぴーよー！」

楽しそうに鳥ちゃんが飛んだ瞬間、空を覆いつくすほどの大量の鳥が現れると、くるくるとその場を旋回した後に、飛び去っていった。

突然の鳥の大群に、私もアスラン様も驚いたけれど、鳥ちゃんだけは上機嫌でピヨピヨと鳴いていたのであった。

第三章　可愛いは正義

アスラン様は、魔術を使い早々に王城へアイリーンの一件と、鳥についての報告を送った。返事はすぐに来て、そこには私達が戻り次第、国王陛下が直接話を聞きたいとの旨が綴られていた。

その日は山の中腹で一泊し、私達は明け方山を発ち、帰ってきた。

それは、太陽がすでに昇りきった頃であり、私達は昼食を食べることもなく急ぎ国王陛下の待っている謁見の間へと向かったのであった。

部屋の中は人払いがされており、国王陛下を守る騎士とジャン様だけが立ち会っている。

ジャン様の父上である国王陛下は、私とアスラン様が挨拶を述べようとしたがそれを止めるとすぐに、口を開いた。

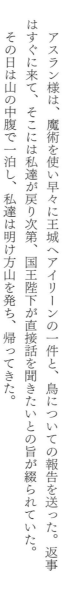

「挨拶は良い。すぐに話を進めたい。それが、発見された鳥か」

アスラン様は国王陛下と話をする機会も多く、二人の雰囲気は殺伐としたものではなく、仕事上の関係として良好なものが築かれているのが感じられた。

「はい。まだその生態については分かっておりませんが、聖女教が狙い、手に入れようとした生き物であることに間違いはありません」

「なるほど……それで、アスラン。そなたはこれからどうすべきと考える？」

国王陛下の言葉にアスラン様は少し言葉を選びながら、ゆっくりとした口調で言った。

「この鳥がどのような存在なのか、魔術塔で調べさせていただけないでしょうか」

「なるほど……だが、聖なる鳥であるとするならば、王国側で保護した方がいいとも思うが、どう考える？」

王国側で保護するということは、魔術塔は一切関与することができなくなることだろう。

「現段階では無害に見える小さな鳥ですが、本来の力をもってすれば王城を破壊することも容易《たやす》いかと思います。確かに保護するべきとは思いますが、王城で保護するにはリスクもあるかと思います。その点魔術塔であれば、鳥に対処できる人間もそろっております」

「ふむ……なるほど」

確かに、王城で鳥が暴れた場合はかなりの被害が出る可能性がある。

国王はうなずいたのちに手で指示をすると、鳥かごを持った侍従が現れる。

「分かった。では、一時だけこちらで保護しよう。神官が見たいと言っていたのでな。一度そちらへ。その後に魔術塔へと連れていこう」

アスラン様が返事をしようとした瞬間、鳥ちゃんが私の肩から飛び上がると、突如として殺気を放ち、声をあげた。

「ぴえぇぇぇぇぇぇ！」

高周波のような鳴き声に、国王陛下は耳をふさぐ。鳴き声で鳥かごを破壊してから私の肩に戻ってきた。

粉々になった鳥かごに、侍従は恐怖のあまり尻もちをつく。

騎士達は剣を構えているが、アスラン様に焦る様子はなく、鳥に視線を向けると尋ねた。

「あちらには行きたくないということか」

「ピヨ」

「ふむ……もしやシェリーと離れたくない？」

「ピヨ」

二人の会話が成立しているようであった。

国王陛下が眉間にしわを寄せると、アスラン様が言った。

「この鳥が目覚めた時、最初に見たのはシェリーだったのです。もしかしたら刷り込みによって、シェリーを親だと思っているのかもしれません。それゆえ、シェリーから離れたくないのかと思います」

その言葉に国王陛下はなるほどとうなずき、私の方を見ると言った。

「……採取者シェリーよ。その鳥は重要な生き物の可能性が高い。命を懸けて世話ができるか？」

命を懸けてという言葉に、私は息を呑む。

国王陛下の命令であれば従わなければならないだろう。

最初は、働き生きていければどこでもいいと思っていた。けれど、アスラン様と出会って、アスラン様と共に、魔術塔の皆と共にこの国で生きていきたいと思った。

だからこそ、私は国王陛下の命に大きくうなずく。

「命を懸けて、行わせていただきます」

満足そうに国王は言った。

「では鳥の管理を一時採取者シェリーに命じる。後ほど神官がそちらに鳥について見に行くことになるだろう。手はずを整えてやってくれ」

アスランが恭しく返事をする。

「かしこまりました」

私がほっとしていると、その後はアイリーンの話題へと移った。

やはりアイリーンは聖女教によって誘拐されており、行方不明となっていた。

行方不明となったのはすでに一月も前のことであり、国王陛下やアスラン様はすぐに報告を受けて知っていたようだ。

何故その間知らせてもらえなかったのだろうかとも思ったけれど、聖女教については本当に極秘に対処されているということだった。

聖女に心から感謝する者はローグ王国にも多い。故に、聖女教が世間一般に知れ渡り、広がることを王国は恐れているのである。

アイリーンについては今後も調査を続けていく旨で話がまとまった。

その後は、隣国の小さな村で斑点病という病が広がったとの話題にちらりとなる。治療法が見つかっていない病気である為、その研究についても魔術塔で行ってほしいとの指示が入る。

アスラン様は了承し、そこで話は終わる。

国王陛下が退室した後に、私とアスラン様は魔術塔へと帰ることになったのだけれど、一度屋敷に戻って身支度を整えることとなった。

数日間山の中を駆けていたので、かなり自分が汚いという自覚があった。だから、身支度を整えられることが嬉しくてたまらない。

そして王城の長い廊下を歩いていると、帰ってきたのだなぁという実感がわいてくる。

そんな時、王城内で開放されている園庭で日傘をさす女性の姿が目に映る。

貴族のご令嬢方が庭を散策しているのであろう。

庭に咲く花にも負けない色とりどりのドレス。

髪の毛も巧みに結われており、風が吹いても乱れていない。

綺麗な人達だなと思っていると、くすくすという笑い声と共に、こちらに向けてくる視線に気がついた。

「アスラン様よ。はぁぁ。今日も素敵だわ」

「本当に。でも……ほら、あの子が最近アスラン様の採取者になったという方だわ。見てよぁの恰好。同じ女だとは思えないわ」

「汚いわねぇ。アスラン様もあのような方が横にいては……はぁ、私が行ってお慰めしてあげたいわ」

そんな声に、私は内心ドキリとした。

確かに今の私はとてつもなく汚いと思う。

ちらりとアスラン様を見上げれば、アスラン様は汚れていることすら感じられないほどに美しい。

これは、顔が良いからなのだろうか。

顔が良いから全体的に輝いて見えるのだろうか。

自分と同じく汚れているはずなのに、アスラン様にそんな雰囲気は一切ない。

なので、急に恥ずかしくなってくると、アスラン様が苦笑を浮かべた。

「ふふ。何をバカなことを。だが、あぁ言われると、自分自身が気になるな」

「え？」

首を傾げると、アスラン様が私に言った。

「大丈夫だろうか……君に嫌われていないといいが」

「え？　いえ、いいえ！　アスラン様はお美しいです！」

「まぁお互いに、汚れてはいるから早く風呂にゆっくり浸かりたいところだな」

「それは、はい」

　ゆっくりとお風呂に入って綺麗にしたいのは絶対だ。

「だがまぁ、あぁいう戯言《ざれごと》は聞かない方がいいな。シェリーはいつ見ても可愛い。それは変わらない事実だ」

「へ？」

　突然の言葉に驚いてアスラン様を見上げると、優しい微笑みが私に降り注ぐ。

「どんな姿だろうが、君は可愛い。自信を持っていいと思うぞ」

　女性達の悲鳴のようなものが聞こえてくる。

　私はじっとアスラン様を見上げて、この素敵な人の傍に私みたいなのがいるということは女性達にとっては納得できないことなのだろうなと思い、気合を入れる。

「大丈夫です！　私、アスラン様の採取者として、皆様に納得してもらえるように頑張りますから！」

　そう伝えると、アスラン様は一瞬驚いた表情を浮かべたのちに、小さく仕方がないなぁとでもいうようにため息をこぼす。

「あぁ。楽しみにしている」

「はいっ！」

　私達は屋敷へと帰り、ほっと息をついた。とにかく今はお風呂に入りたいと思っているとアスラン様が言った。

「シェリー、準備ができ次第でいい。後ほど魔術塔で会おう」

「はい。分かりました」

「鳥を少しいいか？」

「はい」

鳥を両手に乗せてアスラン様に見せると、アスラン様は鳥の周りに魔術を施していく。

「簡易の魔術をかけた。とりあえずこれでしばらくは何かがあっても大人しくしているだろう。シェリー、では後ほど」

「はい」

私とアスラン様はその後一度屋敷の中で別れた。

部屋に帰ると、備え付けられているお風呂がすでに入れるように準備してあり、私は感謝の声をあげた。

「ありがとうございます！」

「お手伝いいたしましょうか？」

侍女さん達は入浴の手伝いをしようといつも意気込んで声をかけてくれるのだけれど、こればかりは慣れなくて、基本的にいつも一人で入っている。

ただ、デートの時などは侍女さん達にされるがままになっているけれど。

「大丈夫です！　ありがとうございます」

「いつでも声をかけてくださいね。着替えは準備して置いておきます」

侍女さん達は優しく微笑み、私はその親切に心が温かくなりながら、お風呂場へと向かった。

とにかく体をしっかりと洗い流したい。

そう思っていると、洋服を脱いでいる最中も鳥ちゃんが一緒にいた。

「一緒に入る？」

せっかくなので、汚れや虫がついていないか確認しながらお風呂に入ろうと思ったのだ。

「ふふふ。鳥ちゃん。可愛いねぇ」

ピヨピヨと鳥ちゃんは元気よく鳴いている。

水浴びができるようにと、たらいの中に水を張る。そこに水をちょろちょろと出しておくと小さな打たせ湯のようで鳥ちゃんは羽を広げてプルプルと水をはじいている。

途中水に浸かったりする姿もあり、水浴びが嫌な子ではないんだなぁと思いながら私はお風呂に張ったお湯の中へ体を沈めた。

「ふはぁ。生き返る～」

お風呂に入ると、汚れも全部溶けていくような気持ちになるから不思議だ。

「気持ちい～」

手足を伸ばして入れるお風呂というのは本当に贅沢だなと思っていると、鳥ちゃんが私の頭の上にちょこんと乗った。

「わぁぁ。なんだろう。すごく嬉しい」

鳥ちゃんは私の頭の上と、水浴び場を行ったり来たりしながら楽しんでいる様子であった。

私はお風呂で汚れを落とし終わると新しい仕事着に着替えて、それから魔術塔へと向かう準備をしていく。

鳥ちゃんは私の肩に止まって、水浴びで疲れたのかうつらうつらとしており、それもまた可愛い。

準備を済ませて部屋の外へと出ると、広間の方でアスラン様が執事長のレイブンさんと話をしていた。

アスラン様の屋敷を取りまとめているレイブンさんは壮年の男性で、さりげない気遣いが素敵な方だ。

二人はどうやらこの数日に来ていた手紙などについて話をしているようだ。

私に気がつくとアスラン様とレイブンさんは笑みを向けてくれる。

「もう少しゆっくりしていいのだぞ？」

「シェリーお嬢様、おかえりなさいませ。先ほどはお出迎えできず申し訳ありません。少し席を外しておりました」

その言葉に、私はうなずくと答えた。

「大丈夫です。レイブンさん。いつもお忙しところ気を遣っていただきありがとうございます」

私とレイブンさんは笑みを交わし合い、それからレイブンさんは私達にバスケットを手渡した。

「お二人のことですから、すぐに魔術塔へ行かれるのだろうなと思い、軽食を用意しておきました。後ほどお食べください」

「わぁぁ！　ありがとうございます。実はお腹すいていたんです」

「助かる。ありがとうレイブン」

「喜んでもらえて幸いです。いってらっしゃいませ」

私とアスラン様はレイブンさんに手を振って別れると、魔術塔に向かう。

鳥ちゃんは私の肩でピヨピヨと楽しそうに鳴いており、アスラン様は眉間にしわを寄せた。

「なんだか、羽がつややかになったような気がするな」

「あ、さっき一緒にお風呂に入ったんです！」

「は？　……風呂に？」

「あ、鳥ちゃんはお水ですよ？　お湯をかけたり石鹸で洗ったりはしていません。生き物は繊細だと思いますので！」

アスラン様は一瞬何かを言おうとしてからやめると、小さくため息をつき、ちらりと鳥ちゃんへと視線を向ける。

「……そうか。では、行こうか」

「はいっ！」

私はアスラン様と一緒に魔術塔へと向かう。

バスケットをアスラン様が持ってくれているけれど、お腹がすいているので早く食べたいなぁなんてことを思ってしまう。

ようやく着いた魔術塔を見上げ、ここも家のように感じている自分がいるなと思った時であった。


――――ドカァァァアン！


大きな爆発音と共に、魔術塔の高層階の一部が粉砕されて穴が開いた。

その穴の中からひょっこりと三人の頭が見え、こちらに気づくと大きく手が振られる。

「アスラン様ー！　シェリーちゃーん！」

「げ！　帰ってきたぞ！　急いで修復しないと！」

「大変だよぉ！　ほら、急げ急げぇ！」

私は手を小さく振り返すと、アスラン様の方に視線を向ける。

アスラン様は微笑んでいた。ただ、怒っているのもよく伝わってきた。

「……あ、アスラン様？」

「シェリー。さぁ、急いで上ろうか。どうやらお灸をすえなければならないらしい」

「あ……はい」

私は怒っているアスラン様の後ろを追うように、魔術塔に入ったのであった。

それから、最上階の部屋に入ると、風通しの良い穴が開いており、そこを必死に修復している三人の姿があった。

魔術塔の高層階だからだろう。風がびゅんびゅんと吹き込んでおり、煙の臭いの中、強風によって書類が空中を舞っていた。

惨劇であった。

私達に未だ背を向けて、必死に壁の穴を直そうとしている三人。

アスラン様は笑顔のまま、ミゲルさんとフェンさんの頭を鷲掴みにし、それにベスさんがひえぇ～と悲鳴を上げている。

私はそんな様子に、もう我慢ができずに笑い出した。

「ふ……ふふふふふ！　あ、穴が開いています！　風が気持ちよくって……ふふっ。あはは っ。こんなことあります!?　ふふふふ。おかしぃ～」

私の笑い声に、アスラン様は毒気を抜かれたのか大きくゆっくりとため息をつくと、二人から手を離して自身の頭を押さえると言った。

「早く修復をするように。とにかく穴をふさがなければ片付けもできないぞ」

「「はいっ！」」

三人は慌てた様子で壁を修復し始め、私は笑いをどうにか収めると、一緒に片付けの手伝い始めた。

アスラン様もため息をつきながら、一緒に片付けをしてくれる。

素敵な職場で働けて良かったなぁと私は思いながらも、先ほどの穴を思い出して、またくすくすと笑ってしまう。

穴の修復は結構早い段階で終わった。ただ、どちらかと言えば部屋の中の資料などの片付けが大変だ。

ごちゃごちゃになってしまったが故に、何の資料なのか判断するのにも時間がかかり、終わる頃には皆へとへとである。

「お茶にしましょう……私入れますね」

私が立ち上がろうとすると、ベスさんがふらふらしながらも私を制して言った。

「大丈夫～。私が用意するわ」

私はベスさんに感謝しながら、レイブンさんが持たせてくれたバスケットを開き、机の上に出したお皿に並べていく。

そして美味しそうなサンドイッチを並べながら全種類食べたいと心の中で思う。

ここに来てから食事が美味しすぎて美味しすぎて困ってしまう。

以前いたレーベ王国の食事にはもう戻れない。

レイブンさんの料理が美味しすぎるのだ。

今まで私にとってのサンドイッチは、少しのハムと野菜が入ったものという認識だった。

けれどレイブンさんのサンドイッチは違う。

鶏肉と季節の野菜、ローストビーフ、チーズと特製ソースと様々な種類があり、そればかりか甘いデザートサンドイッチもあるのだ。

苺のジャム、チョコレートクリーム、果物がたくさん入ったサンドイッチ。

どれもこれも美味しいから困る。

レイブンさんは魔術塔の三人も食べることを想定して用意してくれていたようで、かなりの量がある。

「美味しそうだぁ。今度レイブンさんにお礼しないとなー」

ミゲルさんの言葉に、フェンさんも大きくうなずいた。

「そうだねぇ。レイブンさんにお礼……何か作ろうか」

「いいわね！　それ！」

三人が盛り上がりそうになったところで、アスラン様が一喝した。

「レイブンは誰の執事だと思っている」

その言葉に三人は、盛り上がっていた様子を収めた。

アスラン様の執事なので、ある程度の魔術具も熟知しているであろう。

本当に仲がいいなぁと思っていると、鳥ちゃんが私の肩からむくりと起き上がり、机に置いていたリンゴをつつき始めた。

「わぁ！　それ……生きてたのかよ」

「動かないから、シェリーが人形を肩に乗せる趣味できたのかと思った」

「わ、私も」

三人はかなり驚いているようで、鳥ちゃんのことをまじまじと見つめた後、ハッとしたかのようにミゲルさんが棚から本を取り出して、それをすごい勢いでめくっていく。

「こいつ！　これ、これだ！　アスラン様！　この鳥、聖なる鳥じゃないですか⁉　ほら、この羽の色と大きさと瞳の色！　これ聖なる鳥の幼体ですよ！」

何も言われずにすぐにそこに行きつくミゲルさんに驚くと、アスラン様はうなずいた。

「あぁ。聖なる鳥のようなのだ。今日からうちで預かることになった。それでこの鳥についてしばらく調べるぞ」

そう告げると、三人は一気に瞳を輝かせ始めた。

「わーい！　私！　私が一番に調べる！」

ベスさんが手をあげると、ミゲルさんが唇を尖らせた。

「俺が、先に聖なる鳥って気づいたのにかよー」

「私だってすぐに気づいたわ！　だってミゲル、まだ仕事終わっていないでしょう⁉　私、今手が空いているもの！」

フェンさんは肩をすくめて二人の様子を見守っている。

アスラン様は小さくうなずくと言った。

「では最初の聖なる鳥の調査はベスに頼む。二人も手が空いたら調査に協力してくれ」

「「はーい」」

「やったー！　すごく嬉しい！」

ベスさんはその場でぴょんぴょんと飛び上がり、それから私の隣に座ると、鳥ちゃんのことをまじまじと見つめて指を伸ばした。

「よろしくね～。前脚でちょんってしてくれないかなぁ～」

次の瞬間、鳥ちゃんはベスさんの手を鋭いくちばしで勢いよく噛んだ。

「いったぁぁぁぁぁぁい！」

ベスさんは悲鳴を上げると、鳥ちゃんは怒った様子で体の毛を膨らませて、くちばしをパチパチと鳴らす。

「と、鳥ちゃん？」

大丈夫だろうかと声をかけると、鳥ちゃんは私の胸元の中へと体をすべり込ませて、そこからベスさんを警戒した瞳で睨みつけている。

そんなところも可愛い。

指を噛まれたベスさんも、その可愛さに、うっと胸をときめかせていた。

鳥ちゃんは居心地が悪いのか私の胸元に顔を埋《うず》めてしまい、ベスさんはうーんとうなり声をあげた。

「鳥ちゃんにも家が必要だねぇ」

「なら俺すぐ作ってやるよ。すぐすぐ！　ちょっと待ってな！」

「あ、手伝うよぉ」

「私も！」

三人は意気揚々と作業台の方へと行くと、魔術具を利用してガチャガチャと鳥ちゃんの家を作り出す。それを見ながらアスラン様は肩をすくめると言った。

「すぐにできるさ。それと、シェリー。その……胸元に入れるのはやめないか？」

「え？」

真面目にそう言われ、確かに服の中に入れるのは生き物にとって危ないことかと思い、私はうなずいた。

「分かりました。そうですよね。生き物をこんな狭いところに入れたら危ないですよね」

「う……うむ。そうだな」

さすがはアスラン様だ。

私はもっと色々と考えながら行動しなくてはいけないなと反省して鳥ちゃんを机に乗せると、鳥ちゃんがアスラン様の方を見て、ぎろりと目を輝かせる。

そしてアスラン様と視線が合うと、お互いに睨み合っており、なんだろうかと私は小首を傾げた。

「鳥ちゃん？」

「ピヨぉ～？」

私の方を向くと、可愛らしく私と同じように首を傾げて見せる。

睨み合っていると思ったのは私の気のせいだったのかもしれない。

しばらくすると、三人は意気揚々とした表情で鳥ちゃんの家を机の上へ置いた。

最初はどんなものを作っているのだろうかと思っていたけれど、それは純銀製の美しい鳥かごだった。

鳥かごの上部には、特殊魔石を加工したものが取り付けられており、揺れるとそれが光に反射してきらめく。

可愛いなぁと見ていると、鳥ちゃんが意気揚々と鳥かごの中に入った。

止まり木の他に、ビーズのようなおもちゃ。そして寝床もついており、至れり尽くせりである。

三人は興奮気味に説明を始めた。

「この上部に付けた特殊魔石によって、室内温度は鳥の最適な温度に保たれるの！」

「それだけじゃないぜ！　この水入れは魔術具を改良して水を循環させ、常に綺麗な状態が保たれる仕組みだ！　エサ入れも全自動だぜ！」

「さらにねぇ！　常に鳥かごの中を清潔に保てるように！　鳥の羽や排せつ物なども自動的に処理してくれるように仕組まれているのだぁ！」

楽しそうに声をあげる三人に、私はパチパチと拍手を送る。

これだけの設備があれば、鳥ちゃんもきっと心地よく過ごせることだろう。

鳥ちゃんは鳥かごの中で少し瞼を閉じて、うとうととし始めている。

「そりゃあ疲れたよねぇ」

私がそう呟くと、ベスさんが鳥かごの入り口についているボタンを押した。すると、うっすらと鳥ちゃんのかごの周りをベールが覆う。

「静かに明るさが調節できるようにしてあるの。ふふふ。至れり尽くせり！」

これは快適だろうなぁと思っていると、鳥ちゃんはすぴすぴと眠り始めた。

私達はそれを見つめながらほうと息をつく。

「可愛い」

「ふわふわのもこもこだな」

「癒しだねぇ」

しばらくの間、私達はそれを見守っていたのだけれど、ベスさんがハッとしたように口を開いた。

「そうだ！　魔術具色々と渡していたけれど、試して使う機会あった？　改良点を見つけたいから、使ってたら教えてほしいな」

その言葉に私はうなずく。

「とても役に立ちました！　すごく使いやすかったです」

「それなら良かったわ。じゃあ、具体的にどういう風に使ったか、それと所感を教えて」

私は使用した魔術具を机の上に並べながら、ベスさん達に話し始めた。

魔術具の話が終わった後、三人はなるほどとそれをまとめていきながら、一度私が使用した魔術具を回収し、メンテナンスを始めたのであった。

その間、アスラン様は机の上で何やら別の魔術具を作り始めており、私は魔術塔の皆は仕事熱心だなぁと思ったのであった。

アスラン様は私達の話が終わるのを見ると立ち上がり、作っていた魔術具を持ってこちらへとやってきた。

「何を作っていたのですか？」

「これだ。ほら、空を飛んでいて迷子になったら大変だからな。鳥がいなくなった時に捜索できるように、魔術具の足輪を作った。自動的に脚の太さに合わせて変形するようにしてある」

「なら、鳥ちゃんがもし大きくなっても大丈夫ですね」

「あぁ……だが、この鳥の正体について、もっと正確に把握したいものだな。後で図書館に調べに行こうと思う」

「あ、私も行きます！」

「では一緒に行こう」

私達は微笑み合い、鳥ちゃんについて少しでも情報を得られないか調べに向かったのであった。

図書館に着くと、私達は少しでも情報が載っていそうな本をかき集めて片っ端から読んでいった。

ただ、情報があまりにも少ない。

夕方の鐘が鳴り、私達はそろそろ切り上げようと立ち上がる。

「こういう行き詰まった時には美味しい料理が食べたくなるな」

「分かります。あ、マスターがディナーのメニューが変わったと言っていたので、食べに行きませんか？」

マスターとは、私が馴染みとして通っている数少ない飲み屋の店長だ。

私がうきうきとしながら言うと、アスラン様は優しく微笑みを浮かべてうなずいた。

「あぁ。行こうか」

「はい」

魔術塔の横にポータルができたことで、マスターのところにもすごく行きやすくなった。

職権乱用では？　とも思ったのだけれど、魔術塔の職員も昼食にマスターのお店を利用するようになったことで罪悪感が減った。

お店が大盛況になったことに喜んだマスターは、最近は魔術師達の為に栄養満点のお弁当を作って販売してくれている。

魔術師達の顔色が良くなったともっぱらの評判で、今では他の王城勤めの職員達も通うようになってきたという。

ポータルを使って私達はマスターのお店に到着した。

カランコロンとドアチャイムを鳴らして中へと入ると、私の姿を見てマスターが手をあげた。

「いらっしゃい。ふふふ。来てくれて嬉しいわ。カウンターでいいかしら？」

「もちろん！　マスター。新メニューを食べたいわ」

「ふふふ。じゃあ二人共それでいいかしら？」

アスラン様へ視線を向けるとアスラン様がうなずき、マスターは微笑みながら私達の為に水をカウンターの上へと置いた。

「飲み物はいつものでいい？」

うなずきながら、店の居心地の良い雰囲気にほっと力が抜ける。

最近店員さんを増やしたようで、背の高い優しげな男の子が忙しそうに店の中を行ったり来たりしている。

「二人のおかげで、うふふ。最近店が潤っちゃっているわ。ありがとう。うふふ。アスラン様もありがとうねぇ。他の魔術師の方達もみんないい子で、しかもね、ほら、見て」

マスターはそう言うと、お店の各所にあるライトや飾ってある花を指さした。

「魔術師の子達が、魔術具のライトつけてくれたり、お店の植物を元気にする魔術薬を作ってくれたり、本当にありがたいのよ」

その言葉に、アスラン様は水を飲み、それから顔をあげると言った。

「こちらこそ、うちの者達が最近健康で顔色も良くなった。本当に助かる」

「うふふ。これからも頑張ってお弁当作るわね！　あ、そういえば、そろそろ付き合いだして結構経つでしょう？　記念日のお祝いしないのかしら？　するなら是非うちでしてちょうだいね」

「ぶふっ！」

私は思わず水を噴き出しそうになり、ぐっと堪えた。

「まままま、マスター！　な、なにを！」

私が慌てると、マスターは手際よく私達の前に前菜のサラダとスープを出しながら言った。

「何をって、貴方ねぇ。付き合いたてなのに、ぜーんぜんイベントごとしてる雰囲気もないんだもの。せっかくだから、記念日はちゃんとしないと」

その言葉に私は顔を真っ赤にすると、アスラン様は手帳を取り出した。

「ふむ。私もそろそろ予約をしておこうと思っていたのだ」

「あ、アスラン様!?」

戸惑う私に、アスラン様は至極真面目な表情で言った。

「シェリー。私も、その、記念日などは初めてなんだ。だから、その、ちゃんとお祝いをしたい」

「は……はい」

案外アスラン様は乗り気なのだと、私の顔に熱が溜まる。

こうやって思い出が一つ一つ積み重なっていくごとに、なんて幸せなのだろうかと私はその幸せを噛みしめる。

アスラン様とマスターは楽しそうに一か月記念日の話をしており、私もその輪に交ざる。

これからもこうやって、素敵な思い出を築いていきたいな、そう私は心から思ったのであった。

第四章　恋敵？

朝の日課である運動を終えた私は、水浴びを済ませ、身支度を整える。

今日は魔術塔に一度出勤した後に、採取へ向かう予定になっている。

最近、ポシェットの中のストックがあと少しになっているものが多いので、最優先の採取を終えた途中や帰りに時間を見つけて採取をすることがある。

今日も、目的のものを採取した後は、ストックを増やす為に他の場所へ移動し、採取する予定だ。

そう思いながら屋敷から魔術塔への道を歩いていたのだけれど、今日は珍しいことに道の途中に貴族のご令嬢方の姿が見えた。

煌びやかな衣装に身を包み、そして侍女を引き連れて立っている。

貴族のご令嬢が三名ほどなのだけれど、二人ずつ侍女がついているのか、かなりの人数がそこに集まっている。

侍女の人にしても美しく髪をきっちりと結っており美しい。

綺麗な人達だなと思いながら、私の心臓がバクバクとうるさくなっていく。

ご令嬢達の横を通り過ぎる時、何か言った方がいいのだろうか。

一人の時にすれ違ったことが思い返してみればないという事実に、私の心臓の音はさらに速くなっていく。

確か以前アスラン様が気にしなくてもいいと言っていたけれど、あちらは貴族、私は平民であるから、気にしないのはいけないのではないだろうか。

いや、採取者はある程度地位があり、特にアスラン様の専属という地位でもあるので、そこまでへこへこはしなくてもいいのではないか、とは思う。

何が正解か分からなかったので、会釈だけしようと決めて勢いをつけて進んでいく。

早く通り過ぎて魔術塔の中に入ってしまおう。

そう思ったのだけれど、私が通り過ぎようとした瞬間、侍女さんの方が私の前へと出てきたので、足を止めた。

結構な勢いだったので、ぎりぎりで止まってしまい、侍女さんも少し驚いた顔をしている。

「す、すみません」

「いえ、お嬢様がお話があるそうでございます」

すっと侍女さんは後ろに下がり、黄色いたんぽぽのような色のドレスを着た金髪の女性が前へと歩み出た。

「ごきげんよう」

「あ、は、はい。こんにちは。えーっと、採取者をしております、シェリーと申します」

自己紹介もせずに話し出すのは失礼かと思いそう告げると、ご令嬢は手に持っていた扇子をパチリと閉じて言った。

「シェリー様とおっしゃるのね。私の名前はリエッタ・ロバート。少しお時間よろしくて？」

うなずくと、リエッタ様は言った。

「シェリー様はアスラン様の採取者でしょう？」

「はい。専属の採取者として働いております」

「ふーん」

そう言うと、私のことを上から下までじろりとリエッタ様は見ていった。

「貴方、すごくダサいわ」

「え？」

「採取者だからおしゃれできないのかしら？」

「え？」

一体何の話だろうかと思っていると、リエッタ様は言葉を続ける。

「見た目なんて気にしない女性が、アスラン様と四六時中一緒にいられるなんて、うらやましすぎるわ」

「あ、四六時中一緒というわけではないんです。やはり仕事がありますし」

「そんなことは聞いていないわ」

「は、はい」

リエッタ様は私をぎろりと睨みつけてきた。

「勘違いなさらないことね。貴方は採取者だから大切にされているだけであって、女性として大切にされているわけではありませんわよ」

その言葉の意味を少し考えて、私はしっかりと言葉を返した。

「あの、趣旨はよくまだ分かっていないのですが、アスラン様は、男性女性で扱いを変えるような方ではないです」

「は？　えっと……違うわ。私の趣旨と違うわ」

「え？　女性としてって……違いましたか。すみません」

「そうよ！　だから、貴方が特別扱いなんてされないのよってことですわ」

「特別扱い……」

その言葉に急になんだか恥ずかしくなる。

確かに自分だけが特別扱いされているわけではないのかもしれない。

優しくしてもらって、調子に乗っていただけなのかもしれないと気づき、恥ずかしくて悶えたくなる。

「そう、ですよね。アスラン様は皆に優しいですもんね」

「は？　優しい？　魔術塔のアスラン様が？」

「はい。アスラン様はとてもお優しい方です。いつも笑顔で、たくさん褒めてくれますし、本当に素敵な方です」

「え？　え？　褒める？　冷ややかに見つめるのではなく？　は？　え？」

「え？」

「アスラン様はあの冷ややかな視線がたまりませんのよ！　はぁ。思い出しただけでも胸がときめきます。私、アスラン様のことが好きなのです！　いずれは婚約！　そして結婚が夢なのです！　毎日あの冷たい瞳で睨まれたいのです！　いつも笑顔って……ねぇ、貴方疲れが溜まっているのではなくて？」

「え？」

「ごめんなさい。幻覚を見るほどにお疲れなのに、こんなところで引き留めてしまって」

「え？　幻覚？」

「ええ。アスラン様は笑わないわ。いつも冷ややかな視線で無言で周りを黙らせるの。それがとてもたまらないのよ」

「私の知っているアスラン様とは……違いますね」

「ええ。幻覚よ、それ。無理されないで。そりゃあ、見た目にも気を遣えないわよね。そんな身形《みなり》だもの」

「えっと……それは、確かに」

自分は確かにリエッタ様に比べて地味で、身形も髪の毛を一つに括り、服装も採取者としての動きやすさを重視している。

「……今度、何か見繕って差し上げますわ。あまり無理されないでくださいませね。突然ごめんなさい。私、幻覚を見るほど疲れ果てている方に、なんてことを。無礼を許してちょうだいね」

「え？　ぶ、無礼だなんてそんな！　幻覚は、見ていないと思うのですが」

「優しい方なのね。ええ。ご自分では分からないのでしょうね」

「えっと、いえ、あの」

「とにかく、貴方が勘違いするような女性でないことは分かったわ。大丈夫。もう気にしないでちょうだい。いいのよ。そうだ。この無礼に対して、何か贈り物をさせてくださいな」

「贈り物？　いえいえいえ！　いりません！」

「そう言わないでちょうだいな。貴方に似合いそうなものを用意しておきますわ」

「え？」

「ではごきげんよう」

そう言って、リエッタ様達はその場を立ち去っていく。

私は首を傾げたけれど、気を取り直して魔術塔へと向かう。

そして、先ほどあったことをベスさんに話すと大笑いされた。

「あははは！　リエッタ様といえば公爵家のご令嬢よ！　ふふふ。シェリーったらすごいわぁ」

「笑いごとじゃないです。私、幻覚見ていることになってしまったんです。どうしましょう。どうしたらいいんでしょうか」

「ふふふ。でもね、私もたまに幻覚かなって思うもの。アスラン様って昔より本当に笑うようになったの。ふふふ。シェリーの愛の力かしら!?」

「からかわないでください」

唇を尖らせてそう言うと、ベスさんはくすくすと笑う。

リエッタ様はアスラン様を好きな女性としてかなり有名なようで、実際にアスラン様に縁談を持ちかけたこともあったそうだ。

けれど、アスラン様は興味がなかったので断ったと聞いた。

私はリエッタ様のことを思い出す。

綺麗な人だった。

あんなに綺麗な人に言い寄られて悪い気はしないのではないだろうか。

そんなことを少し気持ちが沈みながら考えていると、ベスさんがアスラン様にリエッタ様とのことを話してしまった。

「ベスさん！　勝手に言わないでくださいよ！」

すると、ベスさんは両手を上げて肩をすくめる。

「アスラン様に内緒ごとなんてできっこないわ」

「もう！」

頬を膨らませて私が怒ると、アスラン様がそのやり取りに笑った後に、真面目な声で言った。

「シェリー、困らせてしまいすまない。リエッタ嬢は聡明な女性らしいのだが……いくら断りを入れても諦めてはくれなくてな。大丈夫だったか？」

こちらを心配してくれているのだろう。

私は慌てて首を横に振る。

「あの、確かにびっくりはしたのですが、悪い人ではないのはよく伝わってきました」

「あぁ……そのようだな。もしも何かあれば秘密にはせずに話をしてほしい。もし気になると言うのならば、公爵家に正式に私から手紙を出すが」

「いいえ。そこまでしていただく必要はありません。あの、もし会う機会があれば、もう一度ちゃんとリエッタ様に話をしてみます」

「……そうか？」

なおも心配そうだったけれど、リエッタ様がアスラン様のことを真剣に思っていることも伝わってきた。

それでも私は、アスラン様の恋人であることを譲るつもりはない。

とはいえ、公爵令嬢と会うこともそうそうないだろう。

そう思っていたのだけど、翌日同じ時間に、リエッタ様はそこにいた。

昨日の今日である。

遠目に見て分かったので、私はどうしたものかと考えていたのだけれど、今日は取り巻きのような女性達の姿はなく、リエッタ様と侍女さん一人。

やはりちゃんと話をして、誤解を解いた方がいいだろう。

言うのは恥ずかしいのだけれど、アスラン様と恋人同士だということも話そうと思った。

そもそも、恋人同士だと言っていなかったので、まずはそこをちゃんと話したい。

「リエッタ様。おはようございます」

少しばかり気まずいけれど声をかけると、リエッタ様は私を見てパッと顔を明るくさせて言った。

「今日、シェリー様はお忙しくって？」

「え？　えっと、出勤時間まではあと少しありますが」

「うーん。それでは時間が足りないわ。次のお休みはいつでして？」

「え？　明日は休みですが」

「ふふふん。そう。なら丁度良かったわ。明日出かけますから、今日と同じ時間にここで待ち合わせですわよ。ではまたね」

「え？　え？　り、リエッタ様!?」

「おほほほ。楽しみですわぁ」

「え？　えぇ！　ちょっと！」

呼び止めようとするけれど、リエッタ様は侍女さんと共に足早に立ち去ってしまい、呼びかけても止まってくれない。

私は貴族のご令嬢というものが分からなくなり、大きくため息をつくと、頭を抱えて魔術塔へ向かったのであった。

魔術塔に着き部屋に入ると、アスラン様が立ち上がって私の元へと歩み寄ると顔を覗き込んできた。

「どうかしたのか？」

「いえ、それが……」

先ほどあったことをアスラン様に説明をしていると、ベスさんミゲルさんフェンさんもその話を聞く為に輪に入り、そして三人は大きな笑い声をあげた。

「すごい！　リエッタ様って行動派ね！」

「うっそだろ！　昨日の今日だぞ！」

「えぇ〜。明日どこに連れていかれるんだろうねぇ」

楽しそうな三人とは打って変わって、アスラン様は心配そうに口元に手を当てると少し考えてから言った。

「シェリー。やはり、私から公爵家へ連絡を入れよう」

確かにそうしてもらった方が早いかもしれないのだけれど、私にはリエッタ様が悪い人のようには思えなかった。

なので、首を横に振る。

「明日話をしてみます。大丈夫ですよ」

「そう……か」

その時、鳥ちゃんが私の肩にパタパタと飛んできて止まると大きくあくびをする。

「ピヨピヨ」

「鳥ちゃんおはよう」

私の方をちらりと見ると、鳥ちゃんは耳元でピヨピヨとおしゃべりを始める。

可愛いなと思っていると、ベスさんが言った。

「今日で身体検査等は一応全部終わったから、連れて帰ってもいいわ。ただ、明日はお出かけもあるし、今日まで魔術塔がいいかもしれないわね」

「ぴよ?」

「そうですね。うん。じゃあ今日までお願いします。鳥ちゃんごめんね」

「ぴーよ」

少し不満げだけれど、魔術塔では皆が鳥ちゃんのことを可愛がってくれているのでだいぶ慣れてきた様子である。

現在、魔術塔に設置されている鳥ちゃんの家は進化を続けており、おもちゃや水遊び場などもどんどんと増えていっている。

鳥ちゃんの家なので木があった方がいいのではないかというアイディアから、部屋の中に結構な大きさの木が運び込まれたりしており、以前よりもさらに緑で溢れる。

鳥ちゃんは魔術塔の三人の魔術師にとっては癒しになっているようで、三人とも優しい眼差しで鳥ちゃんのことを可愛がっている。

明日は一体どうなるのだろうかと私は思いながら、とにかく仕事に集中したのであった。

アスラン様には夕食の席でも本当に大丈夫かと問われたけれど、心配しないでと伝えたのであった。

私が侍女さんに明日はリエッタ様と出かけるので身支度を整えるのを手伝ってくれないかとお願いをすると、もちろんですと言われた。

侍女さん達は本当に優しくてありがたく、そして何より心強いなと思った。

翌朝いつも通り体を動かし終わった私は、そのままお風呂場へと連れていかれて体をしっかりと磨かれた。

洋服も以前アスラン様にいただいたワンピースを勧められ、そして可愛らしく髪の毛を結ってもらいメイクまでしっかりと施される。

「あ、あの、今日はアスラン様とのデートではないのですが」

「分かっております。女の戦いですわね」

「シェリーお嬢様、しっかりと気合を入れてまいりましょう。男性よりも女性とのお出かけこそ、より気合を入れなければならないものなのです」

「シェリーお嬢様の可愛らしさを見せつけてやりましょう！」

何やら燃えている侍女さん達につられるように、私も気合を入れ直す。

アスラン様の恋人の座を譲る気はない！

しっかりと話をしよう！

そう思って私は意気込んだのだけれど、いざ鏡の前で仕上がった自分を見て、縮こまってしまう。

確かに可愛らしくしてもらった。

けれど、リエッタ様の姿を思い浮かべると、なんというか気品からして違うのである。

急に自信がなくなって、今日は大丈夫だろうかと心配になる。

「シェリーお嬢様！　大変お可愛らしいです！」

「自信をお持ちになってください！」

「ファイトです！」

侍女さん達から勇気をもらい、私は固く握手をすると大きくうなずいた。

「はい！　頑張ってきます！　負けません！」

「「「ご武運を！」」」

まるで戦場にでも行くような雰囲気がそこにはあった。

私は、いつもと同じ道だけれど緊張感をもってその道を歩いていく。

スカートを穿《は》いているので足元がすーすーとする。

いつもは一つに結んでいる髪が、何度も顔にかかって邪魔な感じがある。

けれども、これはおしゃれ。

おしゃれをすることで、普段とは違った雰囲気で胸を張って歩ける気がした。

昨日と同じ場所に、リエッタ様と侍女さんの姿が見えた。

私は気合を入れて言った。

「ご、ごきげんよう！」

気合を入れすぎて結構な大きさの声が出る。

すると、リエッタ様が可愛らしく微笑むと言った。

「ごきげんよう。まぁまぁ！　見違えましたわね！　ふふふ。じゃあ行きましょう。シェリー様の為に私、ちゃんとお店を探しておきましたわ」

「え？　えっと、何のお店でしょうか」

「行けば分かりますわ。さぁ！　まいりますわよ！」

そう言うとリエッタ様は楽しげな様子で私の手を引き、歩いていく。

そして用意されていた豪華な馬車に乗る。

どこへ向かっているのだろうか。

方向的には街へと向かっている。

「ふふふ。驚きますわよ」

「えっと……」

私は、一体どこへと連れていかれるのだろうかと思いながらも、先に前回の誤解を解かなければと声をあげた。

「リエッタ様。あの、以前私が幻覚を見ているとおっしゃっていましたが、幻覚ではありませんからね？」

「え？」

きょとんとする姿も可愛らしいが、今はそれは置いておいて私は言葉を続ける。

「あと、その、大変言いにくいのですが、私と……アスラン様は」

そこで馬車が止まり、リエッタ様は私の手を引くと言った。

「まぁまぁ、とにかく話はあとで！　この店ですわ！」

「え？」

あれよあれよという間に馬車を降りて、とある一軒の店に手を引かれて入る。

その店は私もよく使っているような、防寒具や防護服やマスク、手袋などが売られており、どういうことだろうかと思っていると、リエッタ様が瞳を輝かせて言った。

「店主様！　お客様を連れてきましたわ！」

「リエッタ様！　おぉぉ。この方が魔術師長様の採取者様ですか!?」

「えぇ！　そうよ！」

「かしこまりました。どうぞ奥へ。準備はできております」

「ふふん。さすがね」

何が起こっているのであろうかと思いながら奥へと通される。

そして店の奥にある個室に入り、私は驚いた。

机の上にはとても良い道具類がそろっており、どれも一目見れば一級品だと分かる。

けれど、それればかりではない。

「なんだか、可愛い」

「ふふふ。そうでしょう！」

リエッタ様は私に座るように促すと言った。

「一つ一つの装飾を見てちょうだい。とても細やかで可愛らしいでしょう。あと、ほら、こちらを見て」

「はい」

「シェリー様。どうしても仕事の時におしゃれはあまりできないでしょう？　それは私も分かりますの。アクセサリーとかもあまりつけられないのだろうなって。だからせめて身に着けるものを可愛くしてはどうかしら？　このブーツ、後ろを見て？　可愛くなっているの。他にもこちらのナイフは柄のところに装飾があって可愛いし、こちらの手袋は、模様が違って素敵でしょう？」

「はい。とても可愛いです。へぇ。こうした店があったのですね。知らなかったです」

しかも可愛いだけではなくて、物自体もかなり良い品だ。

これは教えてもらってとてもありがたいなと思っていると、リエッタ様が言った。

「その……この前、私失礼をしてしまったでしょう？　ですから、お詫びに何か贈らせてほしいのです」

その言葉に私は慌てて首を横に振る。

「あの、その件なのですが、ちょっと、お話をさせてください」

「え？」

「あのですね、その、そもそも……まず、ちゃんとお伝えしないといけないことがあります」

「何かしら」

やっとリエッタ様も話を聞いてくれる気になったのか、姿勢を正す。

ほっとしながらも少しばかり緊張する。

私の為にこの店も探してくれたのだろうに、申し訳ないと思いながら、私は言った。

「あの、リエッタ様。私はアスラン様の採取者です。ですが、それだけじゃないんです」

「え？　どういうことです？」

「えっと、アスラン様と現在交際させていただいています。アスラン様の……恋人なんです」

「は?」

リエッタ様が目を丸くする。

そしてそれから次第に顔を歪め、私のことを睨みつける。

「恋人?　は?　何を勘違いしていらっしゃるの?　アスラン様は恋人なんて作る方ではございませんわ」

「で、でも」

「それ以上おっしゃらないで。気分が悪いわ。はぁ。とにかくお店を見ましょう?　嫌な気持ちで過ごしたくありませんの」

「は……はい」

私はしゅんとなり、リエッタ様の方を見ると、先ほどまでの元気がない。

せっかくお店を探してきてくれたのになと思いながらも、正直に話をせずに一緒に楽しい時間を過ごす方が不義理だろう。

お店の品物はどれもよかったのだけれど、気まずくなりながら本を一冊だけ買って馬車で来た道を戻った。

リエッタ様は無言で、私も無言。

嫌な空気が流れていく中、馬車は進み、そして王城の入り口へと着いた。

私が馬車を降りると、リエッタ様も降り、王城の庭園を二人で並んで歩いていく。

侍女さんは後ろに控えていた。

「リエッタ様……先ほどは突然伝えてしまいすみません。ただ、先日リエッタ様がアスラン様のことが好きだとおっしゃっていたので……正直に言わないとと思ったんです」

そう伝えると、リエッタ様は顔をあげて私のことを睨みつけた。

「本当に恋人だとおっしゃるの？」

「はい」

リエッタ様は胸に手を当て、それから堂々とした口調で言った。

「私は、アスラン様のことをずっと前からお慕いしておりますの！　ずっとずっとですわ！　以前一緒にいたご令嬢達だって、アスラン様や魔術塔の皆様に憧れておりますの！」

そういえば最初の時は他にもご令嬢がいたなと思い出す。

「そうなのですか……他のご令嬢も……」

そんなに人気なのか。いやアスラン様ほどの美貌の持ち主ならば当然か。

「まぁ……結局、あの時間あの道には貴方しか通らないことが分かって、他の方は来なくなりましたけれど……」

「あぁ。そうですね。アスラン様は朝早いですし、魔術塔の皆さんは魔術塔から出ませんもんね」

「えぇ……はぁ。魔術塔の皆様と、もっと会えたらいいのに。冷ややかなあの視線、最高なのです」

「ええ！　何度も言いますが、私はアスラン様が好きなのです！　たとえ今恋人がいようとも関係ありませんわ！」

「ひや……やか？」

「あの、そもそもなんですが……冷ややややかではないです」

「は？」

「アスラン様はよく笑いますし、魔術塔の皆も、いつも笑顔です」

「そんなわけないでしょう？　シェリー様、やはり幻覚が見えているのではなくって？　私は昔から魔術塔の皆様を知っておりますわ」

鼻息を少し荒くしてそう言うリエッタ様に、私は首を横に振る。

「皆さん、面白いことが大好きでお菓子やおしゃべりも好きですよ？」

「そんなわけありませんわ！　いい加減なことをおっしゃらないで！」

「あ、あの落ち着いて」

「私は落ち着いております！」

リエッタ様が声を荒《あら》らげた時であった。リエッタ様の視線が渡り廊下の方に向き、そして目を丸くすると呟いた。

「あ、アスラン様」

「え？」

振り返ると、アスラン様が王城の渡り廊下を歩いているのが見えた。

今日は王城で会議があると言っていたので、その帰り道だったのだろう。

リエッタ様はそれを見て、私の腕を掴むとずんずんと歩いていく。

一体どうするのだろうかと思っていると、リエッタ様はアスラン様の目の前まで歩いていくと顔を上気させてそれから言った。

「ごきげんよう。魔術師長のアスラン様にご挨拶申し上げます」

美しく一礼する姿はさすがは貴族のご令嬢である。

アスラン様は眉間にしわを寄せて、突然のことに私へと視線を向ける。

「アスラン様、お疲れ様です」

「あぁシェリー。お疲れ様。えっとロバート嬢。こんにちは」

そう声をかけられた瞬間、リエッタ様は顔を真っ赤にしたまま私の後ろに隠れてしまう。

ここまで連れられてきたけれど、どうすればいいのだろうか。

「あの、リエッタ様？」

「こ、恋人だというなら証明して見せてくださいませ」

「え？」

私のことをアスラン様の方へと押しやると、リエッタ様は声をあげた。

「そ、その、本当にお二人は恋人なのですか!?」

アスラン様はリエッタ様のことを見ると、静かにうなずく。

「ああ。シェリーとは交際している」

「な!?」

リエッタ様がふらふらと後ろに下がる。

「シェリー……その、大丈夫か？　ロバート嬢は一体どうしたのだ？」

「えっと」

私のことを気にかけるアスラン様にリエッタ様がさらに一歩後ずさる。

「待ってくださいませ……待って……」

「ロバート嬢？　その、体調が悪いならば馬車を呼ぼうか？」

明らかにふらつくリエッタ様に、アスラン様がそう声をかけると、彼女は涙目で声を荒らげた。

「何故!?　アスラン様が優しい言葉なんて……」

私はどうしたものかと思いながら言った。

「あの、アスラン様は本当にお優しい方ですよ？　男女差別をするような方でもありませんし、なので……」

「違うわ！　私の中のアスラン様は孤高！　そして無表情！　冷たい瞳！　なのに、なんで……」

ふらふらとするリエッタ様に、アスラン様は首を傾げる。

「一体、何が？　ロバート嬢。せめて場所を移そう。ここでは人目もある」

「は……はい」

「魔術塔の応接室でもかまわないか？」

「アスラン様が……私に……気を遣っていらっしゃる……は、はい」

私はリエッタ様を支えて魔術塔へ一緒に移動をする。

部屋に入り、私達はソファに腰を下ろす。

給湯室を教えるとリエッタ様の侍女さんが手際よくお茶の準備をしてくれた。

リエッタ様は紅茶を一口飲むと、ふぅと小さく息をついてから部屋を見回した。

ここは魔術塔の応接室であり、他の貴族が来る可能性があるからと魔術師はあまり近寄らない場所だ。

貴族嫌いなのだと言うベスさん達は、奥の部屋へとそそくさと消えていった。

「先ほどは、失礼な態度を取ってしまい、申し訳ございませんでした」

その言葉に、アスラン様は首を横に振ると尋ねた。

「いや、謝る必要はない。それよりも体調が悪いとかではないのだな？　薬を調合してくることもできるが」

「いえ……大丈夫です。ふぇ……アスラン様が優しぃ」

「は？」

「アスラン様、ちょっと」

「どうした?」

私はこっそりと、リエッタ様が抱いていた幻想を伝えると、アスラン様の眉間にしわが寄った後に、笑顔に切り替わる。

その表情に私は一体どうしたのだろうかと思っていると、アスラン様は微笑んだまま言った。

「体調が悪いのではなくて良かった。今日はシェリーと出かけたと聞くが、楽しかっただろうか?」

「えっと……はい」

「あ、リエッタ嬢に良いお店を教えてもらったのです。防具や手袋なども充実していてとても良い品ぞろえでした」

「そうか。では今度一緒に買いに出かけよう」

「はい!」

「……甘い。空気が……甘い……嘘よ。あの、アスラン様が……」

呆然とするリエッタ様に私はハッとすると、アスラン様との距離を少しだけ離す。

リエッタ様は表情に笑みを貼りつけると言った。

「なるほどでございます。理解いたしましたわ。ふぅ。私……勘違いをしていたようですわ」

「リエッタ様?」

首を傾げると、リエッタ様は私の方を見て言った。

「シェリー様。目を覚まさせてくださってありがとうございます」

「え？　あの、どういう？」

今の時点でリエッタ様が一体何を考えているのか私には理解が追いついていない。

そんな時のことであった。

「ピヨピヨピーヨ！」

バタバタバタと羽をはためかせて鳥ちゃんが小窓から部屋に入ってきたのである。

そう、小窓がある。

私は最初、え？　と思って小窓を凝視してしまった。

「あれは……」

「……そういえば、何か作っていたが、あれか……」

いつの間に壁に穴を空けて鳥ちゃん専用の出入り口なんてものを作ったのであろうか。

仕事が早い。

けれど、これは必要なのであろうかという疑問が生まれる。

「ピヨピヨ」

鳥ちゃんは部屋をくるくると旋回した後に、私の頭の上にちょこんと乗った。

「ピヨ」

「鳥ちゃん……ごめんね、今ね、話し合い中なんだ」

「ピヨ？」

私の肩にぴょこんと飛び移り、首を傾げる。

ふわふわでもこもことした鳥ちゃんのその仕草に、私は可愛いと内心悶えながらもリエッタ様の手前、ちゃんとしなくてはと堪える。

「……鳥？　……待ってくださいな……まさか、聖なる鳥？」

「え？」

「何故それを」

私達が驚いて声をあげると、リエッタ様は鳥ちゃんのことをじっと見つめながら口を開いた。

「我が家は遥か昔に聖女を輩出した家系なのです。そして聖女から聖なる鳥に救われたことを感謝し、忘れることなく伝承していくようにと我が公爵家では学ぶのです」

その言葉にアスラン様は少し考える。

「確かに、ロバート公爵家に聖女がいたという記録は残っていたが、公爵家にてそのような伝承が？」

「はい。それとともに資料なども残されています」

「なんということだ。リエッタ嬢。まだまだ聖なる鳥については未知のことが多く、今調べているところだったのだ。公爵に話を聞きたいのだが、どうだろうか」

「もちろんでございます。聖なる鳥様が目覚めたと知れば、父は全面的に協力すると思います」

「助かる」

リエッタ様の父であるロバート公爵は、王城内の政務官として働いている。さっそくアスラン様は公爵に連絡を取ることになった。

「私はこれで失礼するが、何かあればシェリーへ伝えてほしい」

「かしこまりました。こちらこそ、これまでありがとうございました」

「ん？　あぁ。では失礼する」

笑顔で席を立ち、部屋を出て行くアスラン様。

それと同時にリエッタ様がゆっくりとため息をつく。

「はぁ……恥ずかしいですわ」

「あの、大丈夫ですか？」

一体どうしたのだろうかと尋ねると、リエッタ様が私の方を向いて言った。

「もう。私ってば、なんて愚かなのでしょうか」

「え？　え？」

突然のことに困惑すると、リエッタ様はぽつりぽつりと呟くように話す。

「自分の好みが偏っていることは分かっていたのです……でもアスラン様を見て、この人が運命の人だと思いましたの。無口で寡黙で冷たくて、最高だと思いましたの」

「え？」

「私、好みが少し人と違うようなのです。だから、その理想を全部アスラン様に押しつけて勝手に恋をしておりました……でも、それも今日でおしまいですわ。はぁ。シェリー様」

「は、はい」

「感謝いたしますわ」

「へ？」

どういうことなのか理解が追いつかない。

「ようやく目が覚めました。ありがとう。シェリー様のおかげ、つまり、シェリー様は恩人でございます。聖なる鳥の件、全面的に私にできることがあれば協力いたしますわ！」

「あ、ありがとうございます」

「ぴよ？」

「聖なる鳥様、ご挨拶が遅れました、私はリエッタ・ロバートと申します。よろしくお願いいたします」

「ぴよぴよ」

「ふふふ。とても可愛らしいですわ。……聖女様は、聖なる鳥様のことを本当に大切に思っていたようで、絶対に忘れてはならないと、そして聖なる鳥様が目覚めたら渡してほしいと残されているものもあるのです」

「渡してほしいものですか？」

「はい。中身は分からないのですが、木箱が」

一体中身は何なのだろうか。

「私も屋敷に帰り、それらをこちらへと運ぶ手伝いをしてまいりますわ。きっと聖なる鳥様がこちらにいると分かれば、父も大喜びするかと思います。我が公爵家が繋いできたものをやっとお渡しできるのですもの」

どこか浮立った様子のリエッタ様からは、アスラン様のことはもうすでに抜け落ちている様子である。

「分かりました。あの……アスラン様の件は」

「しっ。もう、終わったことですわ。私、後ろは振り返らない主義ですの」

「あ、はい」

「では、失礼いたしますわね。ふふふ。でも魔術塔の中に入れたのも嬉しかったです。そしてもう一回来させてくださいな。聖なる鳥様、よろしくて？」

「ぴよ！」

「ふふふ。可愛らしい方。では、行ってまいりますわ」

「はい！　よろしくお願いいたします」

「ぴよぴよ！」

リエッタ様はうきうきとした様子で部屋から出て行く。

私は全身の力が抜けて大きくため息をつきながらソファにボスンと腰かけた。

「ぴよ?」

「大丈夫……なんだか、色々あって疲れちゃった」

「ぴよぴよ?」

肩の上でぴょんぴょんと飛びながら、私のことを心配そうに見つめてくる鳥ちゃんに、私は小さく息をついた。

色々なことが本当にありすぎた。

リエッタ様のこと、鳥ちゃんのこと。

「はぁぁぁぁ」

ゆっくりと深呼吸するように私は呼吸を繰り返し、それから立ち上がると先ほどのことを魔術塔の三人にも知らせに向かった。

皆はその話を聞き、驚いたと同時に研究材料が増えたと大喜びをする。

けれど不意にベスさんが動きを止めた。

「そういえば公爵家のご令嬢はどうなったの?」

「あー……えっと、多分、もう大丈夫そうです」

「大丈夫そう?　どういうこと?」

首を傾げるベスさんに、私は曖昧に笑みを浮かべた。

リエッタ様個人の感情を私が口にするわけにもいかない。

ベスさんは私が言いづらそうなのを悟ると肩をすくめ、それから鳥ちゃんに向かって言った。

「でも、聖女様、鳥ちゃんのことずっと思っていたのでしょうね。鳥ちゃん、覚えている？」

「ぴよ？」

「うーん……覚えてなさそう」

「ぴよ？」

ベスさんはじっと鳥ちゃんを見つめながらため息をついた。

「まぁ、ずーっと眠ってれば忘れちゃうかぁ……」

「そう……ですねぇ。長さが違いますもんね」

大切な人を忘れてしまうというのは、寂しいことだなと思った。

その後、リエッタ様は一度お屋敷に帰られて、アスラン様から連絡を受けたロバート公爵と共にたくさんの資料を持ってきてくれた。

ロバート公爵は鳥ちゃんを前に恭しく挨拶をし、先祖の聖女様がいつか聖なる鳥様が目覚めた時にはしっかりと感謝を伝えてほしいと今日という日まで語り継がれてきたと話をしてくれた。

鳥ちゃんは覚えているのか覚えていないのか曖昧な様子だった。

ただ、ロバート公爵が手渡した木箱には興味津々な様子だったのだけれど、その箱が結局開かず、中は見れずじまいであった。

中身を壊してもいけないからと、魔術塔で木箱も預かることになった。

その後木箱は魔術塔の中で研究されることになり、これまで集められた資料と照らし合わされながら鳥ちゃんについての情報がまとめられていったのであった。

第五章　師匠

これは夢だな。

そう思いながら、過去の自分の思い出を私は再体験していた。

「師匠！　見てください！　私、これ、一人で採取できたんですよ！」

初めて採取した特殊魔石。

それまでの間、ずっと師匠と一緒に採取してきたけれど、今回は師匠には頼らずに単独で採取することができた。

これまで、師匠とは様々な採取場へと向かってきた。

毒素が強いところ、急な斜面、人を惑わせるような森。

採取者とは命がけの仕事だ。

今日生きていることは運がいい。そんな風に言われる仕事であり、これまで師匠と一緒でなければ死んでいたであろう場面は何回もあった。

怪我をしたのも一度や二度ではない。

それでも歯を食いしばって師匠との特訓を繰り返し、ここまで来たのだ。

褒めてもらえると思ったのに、自慢げに特殊魔石を見せると、師匠はそれをちらりと見た後に、私の額を指で小突いた。

「まだまだ。これ、採取時に急いで採取しただろう。削り方が荒い」

「あ……」

私は小突かれた額を撫でながら、小さくため息をついた。

褒めてもらえると思ったのにと、少しばかり期待していた自分に呆れてしまう。

自分はもう子どもではない。

子どもの頃のように褒められる為に頑張っているわけではないのだ。

「……これで、少し、アイリーンの採取者になるのに近づきましたかね？」

そう呟くと、師匠はため息をわざとらしく大きくつき、それから私のことをじっと見つめながら不満げに言った。

「お前が決めたことだ。文句は言わん。何度も言うが、文句ではない。ただ……お前はそれで本当に良いのかとは思っている」

その言葉の意味が分からず、私は首を傾げた。

「え？　えーっと。はい。私の目標はアイリーンの立派な採取者になることなので！」

胸を張ってそう言うと、師匠がまた大きくため息をつく。

それから立ち上がり、私の頭をガシガシと撫でると小さな声で言った。

「お前が……もっと、幸せになれる……相棒がいればいいのだがな」

「え？」

「なんでもない。行くぞ」

「はいっ！」

師匠の大きな背中を、私はいつも必死に追いかけた。

今でもやっぱりその背中には追いつけていないけれど、それでもずっと目標だ。


私は懐かしい夢を見たなと思いながら目を覚ますと、体をゆっくりと起き上がらせた。

それから、ふと、部屋の中に風の流れがあるのに気づき窓の方へと視線を向けると、月の光を心地よさそうに浴びながら、窓辺に腰かける男性の姿があった。

開け放たれた窓から吹き込む風に、美しい白銀の髪が揺れる。

人間のものよりも長い耳と、透き通るような肌と切れ長の美しい目。

久しぶりに見るその姿を、月の化身のように美しいなと思い、夢うつつだった私の思考は少しずつはっきりとし始める。

最初出会った時は、人間離れしたその美しさに、エルフは皆このように美しいのかと思ったものだ。

「え？」

私は瞬きを繰り返す。

気持ちよさそうに風に向けて目を細める姿に私は驚く。

「え？　師匠？」

驚いてそう呟くと、師匠は私の方へ視線を向けて、それから小首を傾げた。

「あぁ。すまんな。起こしたか」

「え？　え？　師匠？　本物ですか!?　え？　夢の続きですか!?」

師匠は呆れたように大きくため息をついてから私の近くへと来ると、額を指で小突いた。

「お前は夢と現実の区別もつかんのか」

「いったぁ。師匠。それ、地味に痛いんですけど」

私がこしこしと額を撫でながらそう言うと、師匠が部屋に置いてあった鳥ちゃんのかごに気がつき、それから眉間にしわを寄せる。

「……まさか目覚めるとは思わなかったぞ。久しぶりに会うな。鳥頭が」

「え？」

師匠は私の寝ていたベッドに腰かけ、私のことを腕を組みながらじっと見つめてくる。

「顔色はいいな」

「え？　あ、はい。あ、師匠！　私のお給料、このローグ王国に来てからかなり上がったんです！

なので、お世話になった師匠にはぜひごちそうさせていただきたいです！」

師匠が私のところに来ることはめったにない。

この機会にお礼をしたいと思い私がそう言うと、師匠は肩をすくめた。

「人間の食事はあまり口に合わん」

「え!? あ、で、では！ 私が作ります！」

「お前が？」

「はい！ アスラン様にちょっと……ちょーっとずつ、その、ほんのちょっとですが教えてもらって……アスラン様に指導を仰ぎながら作ります！」

私の言葉に、師匠は眉間のしわをさらに深くすると、顎に手を当て、それから言った。

「……お前、本当にその男と恋仲になったのか」

「へ!?」

私は、顔が真っ赤になるのを感じ、それから、「あー」とか「えー」とか呟きながら、観念したように小さくこくりとうなずいた。

師匠に話をするなんて恥ずかしさしかないなと、ちらりと師匠へと視線を向けると、すごく微妙そうな表情を浮かべていた。

どういう反応なのだろうかと思っていると、師匠はうなり声をあげる。

「……はぁ。やはり連れていけばよかった」

「え？」

どういう意味だろうか。するとかごの中の鳥ちゃんが師匠に気づき、それと同時に鳥かごから飛び出たのであった。

鳥ちゃんは師匠に向かって警戒した鳴き声をあげると、次の瞬間突然大きな姿へと変わり、巨大な翼を広げた。

その瞬間、屋敷に仕掛けられていた魔術具がそれに反応したのか、けたたましいベルの音が鳴り響く。

私は驚きながら呼びかける。

「鳥ちゃん！　大丈夫だよ！　この人は私の師匠で！」

「はっ！　鳥頭め！　小さくなって私のことも忘れたか！　珍獣の分際で私に楯突こうとはな！　受けて立つ！」

「師匠！　煽らないでくださいよ！　というか、鳥ちゃんと師匠知り合いなんですか!?　もう！　腰痛いっていつも嘆いているくせにこういう時だけ若者気分で困りますよ！」

「はっ！　たわけが。言っておくがエルフではまだまだ若い方なのだ！　とにかく大人しくしろ」

そう言うと師匠はローブの中から小瓶を取り出すと、それに特殊魔石をぶつけて衝撃を起こす。

次の瞬間、小瓶から伸びてきた植物が鳥ちゃんの体に一瞬にして巻きついた。鳥ちゃんはボフンと小さくなり、ピヨピヨと鳴き声をあげた。

「あぁぁ。可哀そうに。師匠は容赦ないですからねぇ」

「ピヨ」

「……おい。お前なぁ。そいつは小鳥じゃないんだからな……っは。やっとお出ましか」

次の瞬間、部屋中の魔術が作動し始め、転移魔術で寝間着にローブを羽織った姿のアスラン様が護衛騎士と共に部屋へと現れると、師匠に向かって魔術の攻撃を始めた。

不法侵入者だと判断したのだろう。

師匠は楽しそうに笑い声をあげて、全ての魔術を身体能力と特殊魔石で防いでいく。

「シェリー！　無事か！」

「アスラン様！　誤解です！」

次の瞬間、アスラン様は誤解だったことにいち早く気づき魔術を停止させる。

師匠はそれにつまらなそうに肩をすくめる。

私は寝間着姿のままであったと慌ててベッドの横に置いてあったローブを羽織った。

するとそれに気がついた師匠が驚いた顔をした。

「お前……まさか、恥じらっているのか？」

「し、師匠！　私だってその……一応、その、女なんですよ」

師匠の背中をばしんと思わず叩きながらそう言うと、アスラン様と騎士達が呆然とした顔で私達のことを見つめていた。

その後、私は状況を説明し、それらを把握したアスラン様は騎士達を下がらせた。

「シェリー。すまない」

アスラン様の声に私は首を横に振る。

「いいえ。こちらこそすみません……」

「いや、とにかく客間で話をしよう。シェリーは着替えを済ませるといい……」

寝間着姿のままでは、とアスラン様は少し照れたように小さな声で呟き、私も照れつつうなずいた。

そして私は急いでシャツとズボンに着替えて客間へと移動をすると、温かな紅茶が机の上に置かれた。

「先ほどは失礼。シェリーの師である、ロジェルダ・アッカーマン殿だとは気づかず、不法侵入者かと思い、申し訳ない」

「……」

師匠は無言でアスラン様をじっと見つめると、それから足と腕を組んでフンと鼻を鳴らした後に言った。

「私の弟子に色目を使う小童《こわっぱ》はお前か」

今までに聞いたことのない師匠の低い声に、私はびくりと肩を震わせた。

師匠は一体何に不満なのだろうか。

しかもアスラン様に向かって小童と言うなんてと、口を開こうとしたのだけれど、さりげなく隣に座っていたアスラン様に手を握られて制される。

アスラン様の方へと視線を向けると、アスラン様は師匠をじっと見ながら言った。

「私の名前はアスラン。この王国にて、魔術師をしております。色目……ふっ。色目とは難しい」

ちらりと私のことを艶っぽい瞳でアスラン様は見つめると、にっと笑う。

「師匠殿にご挨拶が遅れたのは申し訳ない。ただ私達は交際しており恋人としての時を育んでいるところです」

恋人。

その言葉に私の顔はカッと熱くなる。

そんな私を見て師匠は眉間に深くしわを寄せると言った。

「……まだまだひよっこだというのに……恋愛にうつつを抜かすとは。何故妹の元を去ったならば私の元へと来なかったのだ」

その言葉に、私は少し驚いて答えた。

「え？　……師匠の元へ行っても良かったのですか？　だって師匠いつも言ってたじゃないですか。独り立ちしたら頼るなって」

「う……いや、それは」

「さっきから師匠は何を怒っているんです？　アスラン様にも失礼ですよ。あ、もしかして腰が痛いんですか？　マッサージしましょうか？」

その言葉に師匠とアスラン様が同時に口を開いた。

「違う！」

「ま、マッサージならば専門の者を呼ぶ！」

二人の声の勢いに驚いて固まると、師匠とアスラン様も大きくため息をついた。

そして師匠はアスラン様を睨みつける。

「言っておくが、マッサージは弟子の仕事だ」

「ははは。それはあまりに劣悪な職場環境ですね」

二人のバチバチとした雰囲気に、私は師匠からの攻撃を受けてピヨピヨと鳴く鳥ちゃんを膝の上でよしよしと撫でる。

ふわふわしていて可愛いなと思いつつ、私は師匠の機嫌の悪さは一体何故なんだろうかと首を傾げた。

基本性格の良い人ではないけれど、こんなにも不機嫌を露《あらわ》にしてしゃべる姿を初めて見る。

そして何故かアスラン様もそれに触発されたかのごとく笑顔のまま師匠と対等に渡り合っているのだ。

はっきり言って師匠相手に正攻法で勝負を挑みに行っても、こちらが嫌な気持ちになって終わるだけなので得策ではないと思い、私は話題を変えることにした。

「そういえば師匠。先日の手紙に書いてあった魔障についてなんですが」

「ちょっと待ってろ。男同士の話し中だ。どうせ、その魔障の原因については見当がついていた。お前がそいつを連れてくると分かっていたならば詳細を書いてやったんだがな」

ちらりと師匠は鳥ちゃんに目をやるが、鳥ちゃん的には睨まれたと思ったのだろう。怯えるようにガタガタと震えると、私の胸元に体を埋める。

「ふふふ。鳥ちゃん大丈夫だよ。顔は怖いかもしれないけれど、師匠は弱い者いじめをするような人ではないからね～」

「……お前は私のことをなんだと思っているのだ。ちなみにその鳥頭は忘れているようだが、数百年前にそいつと私は会っている」

師匠は顔をひきつらせながら言い、それに私は笑顔で答えた。

「え？　師匠は私の最強の師匠ですね！　ふふ。なんだかんだ言って、良い性格ではありませんが優しいのは知っています。鳥ちゃんとも、数百年前に会って……まぁ、そんなに昔なら忘れちゃいますよねぇ」

「はぁ。一応、友なのだがな」

師匠は大きくため息をついた後、鳥ちゃんをひょいとつまみ上げるとしげしげと眺める。

「ピヨピヨピヨ！」

私に助けを求めてくる鳥ちゃんはバタバタともがいており、慌てて私は師匠から鳥ちゃんを救出する。

「そんな乱暴に捕まえないでくださいよ！　可哀そうです！」

私の胸に縋りつきながら鳴き声をあげる鳥ちゃん。

それを何故か師匠もアスラン様も微妙な顔で見つめており、私が小首を傾げた時だった。

胸元に縋りついた鳥ちゃんがボフンという音と共に煙に包まれたかと思うと、膝の上に先ほどよりも重みを感じた。

一体何が起きているのだろうかと思って見ると、そこにはとても可愛らしい、小さな男の子がちょこんと座って私を見上げていた。

真っ白な髪は頭の上は薄緑色に毛先が染まっており、耳元は金色がかっている。くるりんとした大きな黒曜石のような黒い瞳はとても美しい。

金色の模様の入った白い服を着ている男の子は私の服をぎゅっと摑む。

「え？」

「しぇりー。ぼく、とわい」

とわい？

あまりにも可愛らしく、そのほっぺたはもちもちとして見えて、私に誘惑をかけてくる。

「か……可愛い」

「しぇりー？　ぎゅう」

「へ？　え？」

「ぎゅーうー」

両手を伸ばしてくるその子は、瞳を潤ませてこちらを見上げてくる。

その仕草があまりにも可愛らしくて、胸がきゅんと高鳴る。

「もしかしてだっこ？　えー。可愛い。うんうん。だっこしようね？」

「たっとー！」

舌足らずな雰囲気に、私は胸を射貫かれながらぎゅっとだっこすると、アスラン様と師匠が声をあげた。

「バカ弟子が。そいつを下ろせ」

「シェリー……得体の知れないものを抱き上げてはいけない！」

確かにこの子は一体どこから現れたのだろうかと思っていると、うるうるとした瞳で私にしがみつきながらその子は言った。

「とわい。とわい。しぇりー。ぼく、とわいよ」

小さなお手々がもみじのようで、そんなお手々で私にぎゅうとしがみついてくるものだから、愛おしさがどこからか込み上げてくる。

これが母性というものだろうか。

「可愛い！　二人とも、落ち着いてください。可愛い子どもですよ！」

そう言うけれど、師匠もアスラン様も男の子を睨みつけたままだ。

そんな緊迫した中だというのに、男の子は私のことを見ると、こてんと頭を私の肩に預けて呟く。

「ぼく、しぇりーすきぃ」

「もう！　可愛いなぁ」

その様子にメロメロになってしまったのだけれど、その後、師匠達に幼子に見えても実際には違うのだぞと懇々と話をされた。

私の膝の上にちょこんと座る人型の鳥ちゃんは、足をぶらぶらとさせながら、たまに私のことを見上げると、にっこりと微笑む。

その姿がとても可愛らしくて頭を撫でるが、師匠とアスラン様の視線を受け、私はすっと手を引っ込めた。

師匠は大きなため息をわざとらしくつくと、私をぎろりと睨みつけた。

「お前は危機感が足りない。いいか。そいつはただの子どもじゃない。それは分かるだろう？」

私はその言葉に、小さくうなずく。

「ぼくは、しぇりーのとりちゃんだよ。ぼく、しぇりー、だーいすき」

男の子はそう言い、師匠はまたため息をつきつつ言葉を続ける。

「そう。そいつは人間が聖なる鳥と呼ぶ存在だ。体の中に並外れた聖力を持って生まれ、聖力が弱まれば眠り、また目覚めてを繰り返す」

「眠っては、目覚めて？　師匠。あの、できれば分かりやすく教えていただけると……ありがたいのですが」

ロバート公爵家から借りている資料は現在まとめられている最中であり、私はまだ読めていない。

こちらが無知なのが悪いとでも言うように、師匠は嫌そうに顔を歪める。

説明が面倒くさいとでも思っているのであろう。昔から私が尋ねれば尋ねた分だけそんな顔をして、頭をガシガシと掻くのだ。

けれども、説明をしてもらわなければ、人間の知識量とエルフの知識量とでは蓄積量の限界が違う。

年月の差というものは大きいのだ。

「師匠……お願いします」

だから師匠は、こちらに学ぶ手段がない時などは、仕方がないと分かっているのだろう。

諦めて面倒であろうとちゃんと教えてくれる。

「眠っては起きてというのは、体の中の聖力がなくなれば蓄積する為に眠るしかないということだ。眠って回復し、そしてまた聖力を使い切れば、また眠る。それを繰り返す存在なのだ。聖女教という者達に利用され聖力を根こそぎ奪われて眠ったこともあれば、聖女と共に瘴気を放つ魔物と戦い、それを倒す為に聖力を使い切ったこともある」

私とアスラン様は聖女教という言葉にびくりと反応をする。

聖女教がかなり前からあったことにも驚いたけれど、聖女教と関わっていたならば、あのゼクシオという男が鳥ちゃんの居場所を知っていたことも納得がいく。

また、魔物を倒す為に力を合わせた聖女はロバート公爵家の聖女であろうことも予想がついた。

「なるほど。つまり鳥ちゃんは、聖なる力がまた蓄積したことによって目覚めたということですか？」

師匠の話から推察してそう言ったのだけれど、師匠は首を横に振る。

「聖力っていうものはそんなに簡単に貯まるものではない。少なくとも後百年は必要なはずだった」

「え？」

その言葉に、私はアイリーンが鳥ちゃんに触れた瞬間のことを思い出す。

見ていないはずなのに、師匠は当たりを付けていたのか静かに話す。

「この鳥は、大量の聖力を注ぐことによって強制的に目覚めさせることができる。聖女が大量の聖力を注いだとしても、その後鳥と一緒にいれば相互効果によってお互いに聖力を回復する時間が短くて済むのだ。お前の妹は、それを狙って鳥を手に入れようとしたのだろう。だが失敗し、鳥は不完全に目覚めて幼児の姿になった、というところだろう」

納得するようにふむふむと師匠はうなずくと、それから眉間にしわを寄せる。

「だがおかしな点が二つ」

師匠の言葉に、アスラン様もうなずく。

「確かに、その説明だと、おかしな点がありますね……」

「っは。その話し方はやめていいぞ。お前は弟子ではないからな。生意気な小童が丁寧にしゃべっているると背筋がぞわりとする」

アスラン様は含みのある笑みを浮かべる。

「助かる。ではそうさせていただく」

「あぁ。小童はそれでいい。話を戻すが、聖力を注がれた鳥は強制的にではあるが、ちゃんと目覚めるはずなのだ。だが、今は珍妙な幼児の姿。つまり何かしらの理由で聖力が不十分で目覚められなかったのだ。そしてあと一点。本来ならば同じ聖力を持つ聖女に懐くはずなのだ。それ故に騙され力を奪われるのだが……それもない。今はどちらかといえば、バカ弟子に懐いている」

ちらりと視線を向けられ、男の子は私の手をにぎにぎと触って開いては閉じてを繰り返している。

私は師匠の言葉で脳裏に過る光景があった。

あの時、私は確かに黒い小さな竜のようなものを見たのだ。

「二人に、お話ししておきたいことがあります」

そう言うと、私はあの時見たもののことを二人に伝える。あれは、なんだったのか、私は静かに口にした。

「堕落した聖女の力……それによく似ていたように……感じました。あと以前王太子殿下に呪いがかけられた時に、体に残っていた竜の形をした文様に酷似していました」

アイリーンが婚約者であったヨーゼフ様にそそのかされ、禁忌に手を染め堕落した聖女の力を手に入れた時のことを思い出す。

聖女の力を反転させた呪いを使った、聖女の成れの果て。

使ってはならない禁忌に手を伸ばしてしまった代償は本来ならばその命になるはずだった。

けれども、すんでのところでアイリーンは堕落した聖女から元の姿へと戻ることができたのだと思っていた。

私の言葉を聞いた師匠とアスラン様はそれぞれ難しい表情を浮かべている。

「……堕落した聖女が、全て元通りの清らかな聖女に戻れるわけがない。お前の妹は、おそらく自分でもそれには気づいているだろう」

「鳥を手に入れようとしたのは、体の中に残っている堕落した聖女の力を消そうと、思ったからかもしれないな」

アスラン様の言葉に、だからあんなに必死だったのだろうかと、私は考える。

「一度私の方でも調べよう。小童。今は魔術をかけているようだが、その鳥には首輪が必要だ。シエリーに懐いている以上離れんだろうからな。幼体ではあるが、それは人間を信じやすく懐くと自らの聖力すべてを渡す阿呆なのだ。他の何者かに利用されないようにするのが一番だろう」

「なるほど」

そこで私はリエッタ様についても師匠に話をしておこうと口を開いた。

ロバート公爵家の聖女が残した資料、そして木箱があることを伝えると、師匠は真面目な顔をしてそれを見せてほしいと言った。

ロバート公爵からは事前に、資料については全権をアスラン様に任せる旨の話をもらっていたので、アスラン様はうなずく。

「資料が保管してある部屋へ案内しよう。シェリー。大きくはまとめられたという話も聞いている。それを読みに行こう」

「はい」

私達は部屋を移動し、聖女についての資料が保管してある魔術塔の部屋に向かって歩き始めた。

鳥ちゃんは元の姿にボフンッと戻ると、私の肩でぴよぴよ鳴いている。

まだ太陽も昇っていない時間なので、暗い中を魔術具のランプを灯しながら歩いていく。

冷ややかな風が吹き抜け、少し身震いする。

私達は魔術塔の内部にある、保管部屋へと入る。

入った瞬間、師匠は声をあげた。

「……はは。なんとも、物悲しいものだな」

「え？」

どういう意味だろうか。

机の上には大量の資料が乗せられている。

「……見てもいいだろうか」

「あぁ」

師匠はしばらくの間無言で資料を眺めていく。

私とアスラン様もまとめられた資料に目を通しながら、師匠から教えてもらった情報と同じ内容が書かれている部分も見つけた。

きっとこれを集めるのも大変な作業だっただろう。

けれど、ロバート公爵家の聖女は、これを集め後世に残したのだ。

資料の中には、聖なる鳥を目覚めさせる方法を調べている痕跡もあった。

師匠は資料を手に取り、そして口を開いた。

「……はぁ。恋とは……盲目か」

どういうことだろうかと思っていると、師匠が木箱を手に取る。

「……人間はすぐ死ぬ生き物だというのにな」

「師匠？」

「よく集めたものだ。聖なる鳥についてなど、消えていく歴史の一部だと思っていたのだがな」

「すごいですね。他国の言葉もあるから、きっと他の国まで足を延ばして探し集めたのだと思います」

「あぁ」

「この資料を集めた聖女を、師匠は知っているのですか？」

「……一度だけ会ったことがある。その時は……あの鳥頭がこんなにも愛されているとは知らなかったがな」

「……そうなんですね」

愛されていた。

その言葉に、私は目の前の資料を見つめる。

そうでなければ、これほどまで集め、そして公爵家で語り継がれていないだろう。

師匠は小さくため息をつく。

「封印がかけられている。おそらく、あの鳥頭だけが開けられるのだろう」

「あ、でも一度鳥ちゃんには見せてみたんですが、どうやら覚えていないみたいで」

「目覚めた直後は特に記憶が不確かなのだ。しばらくすれば思い出すかもしれない。まぁ、かもしれないくらいの曖昧な予測だがな。おそらくなにかしらの解除できる方法があるのだろう。この鳥だけが知っている方法が」

私はうなずき、鳥ちゃんを見ると、鳥ちゃんは首を傾げる。

「思い出せたらいいね」

「ぴよ？」

忘れたままでは寂しいから。

思い出せるといいな。

私はそう思ったのであった。

その後師匠は、迅速に資料に目を通していく。

そして資料の中で自分も知らない知識を見つけては、驚きと同時にこれが本当に合っているか検証する必要があるとぶつぶつと呟いていた。

「あの聖女……すごいな。鳥のこれまでの歴史が年表のようにまとめられているぞ」

「すごいですね」

「あぁ。私が知っている限りでは合っている。だが、知らないことまで書いてある……」

「愛故です……よね」

「愛」

想像していたよりもだいぶ重たい愛の雰囲気を感じた。

それからしばらく私達は資料を見ながら話をし、情報を共有する。

おおよその情報を共有し終えたところで私達は元の部屋に戻り、そしてお茶を飲んで一息つく。

窓の方へ視線を向ければ、真っ暗だった空が少しずつ明るみ始めている。

師匠の朝晩関係のないところは困ったものだと少しばかり思う。

「シェリー」

名前を呼ばれて私が振り返ると、師匠が口を開く。

「一応尋ねておきたいことがある」

私の方へと向き直り、それから真面目な様子で姿勢を正す。

私は何を言われるのだろうかと身構える。

「シェリー。私と共にまた採取の旅に出るつもりはないか？　以前は妹の傍にいたいというお前の気持ちを尊重した。だが、もうその縛りがない以上、ここに留《とど》まる必要もないだろう」

突然の予想外の言葉に、私は少し驚いた。

師匠は私に対して甘い人ではない。

けれど、それなりに大切に思ってくれているであろうことは感じていた。

思わずにやにやと頬が緩む。

「師匠。もしかして、寂しいんですか〜？」

ちょっとふざけただけなのに、真面目な顔で一刀両断される。

「バカ弟子が。……国に縛られるということはそれなりに大変なことなのだ。お前はまだ、気づいていないようだがな。だから、大変なことになる前に、一緒に旅に出ないかと誘っている」

国に縛られる大変さ。

確かに私はまだそれは分かっていないのだろう。

でも、私はこれからもアスラン様の傍で、アスラン様の採取者として一緒にいたい。

それにローグ王国での暮らしは穏やかで、魔術塔の皆とも仲良くしてもらえてとても幸せなのだ。

「師匠。私、ローグ王国で頑張りたいんです」

真っすぐにそう返事をすると、師匠は私のことをじっと見る。

「色恋で見失ってはいないか。お前の一生が縛られる可能性があるのだぞ」

「採取者は自由です。それを教えてくれたのは師匠ではないですか」

しばらくの間視線を交わし合い、そして折れるように師匠がため息をつく。

「……はぁ。そうだな。シェリー。少し外に出ていなさい。私はこの小童と話がある」

「え？」

一体何を話すのだろうかと思っていると、鳥ちゃんがまたボフンと子どもの姿に変わって、私に抱きついた。

「ぼくもいくー！」

そんな鳥ちゃんを師匠は私から引き離す。

「お前は残れ」

「えー……」

「シェリー。大丈夫だから、少し待っていてくれるか？」

「話はすぐに終わる。呼ぶから外で待っていなさい」

「……はい」

「ぶぅ。ぼくもしぇりーといきたかったのにぃ」

私はその後、一人、部屋の外へと出たのであった。

ロジェルダにそこに座っているようにと子どもは言われ、うるうるとした瞳になりながらもじっと座っている。

「ぼくもしぇりーといっしょが……よかった」

「首輪をつけるのが先だ」

「むぅぅう。はぁ、しょーがないなぁ」

ロジェルダはカバンの中からキラキラと光る組紐を出し、子どもの首へとつけた。

子どもは小首を傾げながらそれを指で触り、ロジェルダに向かって言った。

「これ、しなきゃだめなの？」

「……あぁ。お前の力を封じるものだ」

「あ、おおきくなれない」

「不便かもしれないが、シェリーの傍にいたいならばつけておけ。シェリーと私だけがそれを取れるようにしてある」

子どもは肩をすくめるとうなずいて、興味をなくしたかのように椅子の上でゴロゴロとし始める。

それを見たロジェルダは今度は視線をアスランへと向ける。

「早速本題に入るが、お前にシェリーを守れるか？　言っておくが私の一番弟子だ。前は妹の傍にいたいと言ったから諦めたが、一時の恋心によってこの王国に縛り付けはさせないぞ」

　アスランは視線を返し、真っすぐに答える。

「私は彼女をローグ王国に縛り付ける為に恋人になったわけではない」

「っは。口では何とでも言える。人間など信用できない生き物だ」

　睨みつけるようにロジェルダはアスランのことを見る。

「あいつをどうするつもりだ」

　その視線を受けて、アスランは姿勢をしっかり正し、それから口を開いた。

「彼女とは、一生を共にしたいと考えている」

「は？」

　おそらく、ロジェルダの求めていた言葉ではなかったのだろう。アスランもそれが分かっているのか、こほんと息をついてから話し始める。

「シェリーから、ロジェルダ殿のことはよく聞いている。彼女が採取者としての力をつけ、そしてアイリーンの元でも生き残れたのは、師匠であるロジェルダ殿のおかげだと思っている。貴方がいなければ……シェリーはきっと今よりも、孤独だったと思う」

「なんだ。こちらに尻尾を振り、ご機嫌とりか？」

　訝《いぶか》しげに見つめてくるロジェルダに、アスランは首を横に振る。

「シェリーにとってロジェルダ殿は家族だ。彼女の家族ならば私も大切にしたい。なので、どうかその敵意を終《しま》ってほしい」

「……家族？　私が？」

「あぁ。シェリーにとっては貴方は家族だ」

口元をロジェルダは覆うと、うつむき、少しばかり考え込むように動きを止める。

隠しているつもりだろうがアスランにはその口元が緩んでいるように見えた。

「ふう。まぁ分かった。とにかく、本当に小童、お前はローグ王国の差し金というわけではないのだな？」

「もちろん。もしローグ王国が不当にシェリーを縛り付けようとすれば……私も、魔術師長の恐ろしさを知らしめるつもりだ」

ロジェルダはその言葉を聞き、ふむと考える。

「ならば、まぁ……いい。バカ弟子が顔につられて騙されているのではないかと思ったが杞憂だったようだな」

そう告げられ、アスランは苦笑する。

「まぁ、確かにシェリーは私の顔が好きなようだが」

「小童。あまり調子には乗るなよ。言っておくが、まだ認めていないからな」

そう言われ、アスランは笑みを浮かべうなずく。

ロジェルダは立ち上がると、そんなアスランの肩をぽんっと叩くと言った。

「あと、一つ忠告しておくが、バカ鳥には気を付けろよ」

その言葉に、アスランが眉間にしわを寄せると、にっとロジェルダが笑う。

「ああいう種族は、番を見つけるまでずっと求めているんだ。資料にも多数赤丸がつけてあったところがあっただろう。っふ。聖女も嫉妬するのだと、笑ってしまったがな」

「聖女が嫉妬？　それに番とは、探しているのは分かったが、今は子どもではないか」

「今は、な」

「な……。つまり聖力を取り戻し大人に戻れば……番を探すと？」

「あぁ。目覚める度に番を求め、探し、運命の番と思って利用される……というパターンが多いな。あいつら恋に恋しているんだよ。子どもだが、聖なる力さえ取り込めれば、一気に成長するぞ。まぁ、取り込めればの話で、取り込めなければ、可愛い子どものままでいてくれるだろうがな」

その言葉に、アスランは視線を子どもへと向ける。

すると可愛らしくへにゃりと笑って首を傾げている。

そんな子どもの額をロジェルダは指ではじく。

「いったぁぁい。もう！　なにするんだよ！」

「はぁ。……あの聖女には悪いことをしたかもしれない。こんなバカ鳥のことを……ずっと思ってくれていたのだとあの資料を見れば分かる。久しぶりに後悔している」

「せいじょ？　だれ？」

「早く思い出してやれ」

「えー？」

そんな姿を見たアスランはこれからどうするべきかと悩ましく思い、ため息をついたのであった。

◇◇◇

扉が開き、師匠が顔を覗かせる。

「話し終わったぞ」

私は一体何をしゃべったのだろうかと思い、尋ねた。

「師匠！　何を話したんですか？」

「はぁ」

勢いよく尋ねすぎたのか、おでこを指で叩かれる。私はそこを撫でながら師匠に文句を言った。

「あの、これ痛いんですよ？　分かってます？」

「バカ弟子が」

「師匠？」

「……幸せになってほしいのだ。分かれ」

ぼそっとそう言われ、私はおでこを自分で撫でながらふふふっと笑みをこぼす。

「師匠。ありがとうございます」

そんな私のことを見て、師匠は頭をぽんぽんと撫でてくる。

「いつでも帰ってきていいのだ。いいな」

「大丈夫ですよ！　私、今とても幸せなんです」

その言葉に師匠は微笑む。

優しいその微笑みからは、私のことを大切に思ってくれていると言葉にしなくても伝わってくる。

久しぶりに会えたことで、私は胸の中が温かくなる。

私にとって師匠は家族のようなものだ。

師匠は、兄であり父であり、そしてたまに面倒くさいおじいちゃん。

腰が痛いと言っては面倒なことは押し付けてくるけれど、私の為にたくさんのことを教えてくれる人。

「師匠、いつもありがとうございます。ローグ王国はとてもいい国なので、私！　案内します！」

「……この国に五十年ほど前にしばらく滞在していたから、お前より詳しいぞ」

「え!?　で、でも、それってかなり昔でしょう？」

「私を年寄り扱いしようとしているのか？」

「え？　事実ですよね？」

「おい……」

私は笑って流しながら部屋へと入ると、悩ましそうに考え込むアスラン様と視線が合った。

鳥ちゃんは私を見て、嬉しそうにこちらに手を振ってくる。

「あれ？　アスラン様？」

どうしたのだろうかと思っていると、私の横に立つ師匠が呟く。

「まぁ、お前がこの国にいると決めたならば、ある程度国王とも良好な関係を築いておくか」

「え？」

「適当に私が国王と話をつけてやるから、お前も頑張れよ。では、また来る」

そう言うとひらひらと手を振りながら師匠は窓から外へと出て行ってしまった。

アスラン様はそれを視線で追う。

「え？　待ってくれ。窓から出て行ったのか？」

「……はい」

師匠の背中を窓から探すけれど、もうすでに影も形も見えない。

アスラン様は大きくため息をつくと、鳥ちゃんがテトテトと窓辺まで歩いてきて、そこから外を見つめながら言った。

「わぁ。もう見えないや」

困った様子の私を見上げて、鳥ちゃんは呟いた。

「ぼくがいって、かえってきてっておねがいしちょうか？」

私は首を横に振る。

「師匠、足速いから。それよりアスラン様、どうかしましたか？」

傍に行くと、鳥ちゃんも私の後をついてきて、私とアスラン様の間に座る。

「アスラン様？」

アスラン様はちらりと鳥ちゃんのことを見ると抱き上げ、私とは反対側の方へと座らせる。

「え……なんでぼくこっちなの？」

鳥ちゃんが唇を尖らせると、アスラン様は小さくため息をついてから言った。

「シェリーは、私の恋人だ」

「えぇえ？　しぇりー本当に？」

突然アスラン様が鳥ちゃんに向かってそう言うものだから私は驚き、鳥ちゃんは涙目になりながら尋ねてくる。

アスラン様は私の肩を抱き寄せると、はっきりと言った。

「恋人だ。いいか。シェリーはやらんぞ」

「あ、アスラン様……」

突然子ども相手に、いや、鳥相手に何を言っているのだろうかと思いつつも、これは嫉妬なのだろうかと、顔がにやけそうになるのをぐっと堪える。

「えぇえ!?　でも、ほら、女心と秋の空っていうし」

「ちょっと待って。鳥ちゃん。どこでそんな言葉知ったの？」

「ふえ？　わかんないけど……あたまのなかにうかんだからぁ」

鳥ちゃんの頭の中はどうなっているのだろうかと思っていると、アスラン様は、なおもはっきりと話し始める。

「シェリーは可愛い。素敵な女性だ。だが、私はシェリーを誰にも渡すつもりはない。いいか。だからシェリーは諦めろ」

「ぶぅぅ。ぼく、しぇりーだいすきなのに」

睨み合うアスラン様と鳥ちゃんに、私は思わず噴き出した。

「ふふふ。二人とも何を言っているんですか」

すると鳥ちゃんは私の両手をぎゅっと握った。

「しぇりー。ぼく、しぇりーだいすきだよ？」

うるうるキラキラとした瞳でそう言われ、私はうっと言葉を詰まらせる。

可愛い。

可愛すぎる。

その可愛さに思わず私も大好きだと言葉を返そうとすると、アスラン様は私の口を手のひらで覆って言った。

「シェリー。ロジェルダ殿が、こうした生き物は番を求めていると言っていた。確かに資料にもそのようなことが書かれていた。しかも、成長したら一瞬でデカくなるぞ。というかロジェルダ殿の友ということは、ある程度常識のある大人の知識を持っているということだ。現時点では記憶がないようだが、大きくなってからもし求婚を覚えていた場合、連れ去られる可能性がある」

「ひえ」

私は鳥ちゃんから一歩後ずさる。

可愛いけれどぐっと我慢をする。

「ご、ごめんね？　私、アスラン様の……ここここここ恋人なの」

「えぇぇぇぇ」

すごく残念そうに鳥ちゃんは声を漏らすと、ボフンと鳥の姿に戻って、私の肩に止まる。

それから文句を言うようにぶつぶつとぴよぴよぴよぴよと鳴き続けていた。

私は可愛いなと思いつつも、先ほどの言葉を思い出して身を引き締める。

異種族間ではたまに問題が起こるという。

求愛行動もその一つであり、だからこそ気を付けなければならないと、師匠からはよく言われていた。

これまで人間以外に会ったのは師匠くらいで、他の種族にはほとんど会ったことがない。

聖なる鳥とは言われてました。

「シェリー。とにかく、不用意なことは言わないように気を付けよう」

「は、はい！」

気合を入れ直しはするけれど、肩の上でぴよぴよ文句を言いながら毛づくろいする姿が可愛らしくて、私はつい顔をほころばせてしまったのであった。

その後、私とアスラン様は一度別れる。

やっと外が明るくなり、そろそろ朝食の時間である。

私とアスラン様は朝はそれぞれ別々にいつも過ごしている。

昼と夜は基本一緒なのだけれど、私は朝一で採取に出かけたり、訓練をしていたりするし、アスラン様はアスラン様で朝一から会議があったり、実験の準備などで早朝に出たり、または夜が遅かった日には朝はゆっくりだったりする。

なので朝は別行動だ。

朝食を済ませてから体を動かしに向かおうとしたが、鳥ちゃんが私の肩から下りないので、私は苦笑した。

「今から運動をするんだけれど、あの、お部屋で待ってる？」

「ぴーよ」

嫌というのをぴよで表現するのだからすごい。

「結構揺れるよ？　大丈夫？」

「ぴよ！」

一応屋敷内では鳥ちゃんを連れて歩いてもいいと言われている。ただ、運動中かなり動くので大丈夫だろうかと心配になる。

庭へ出て、私は準備運動を始める。

鳥ちゃんは肩にしっかりとしがみ付いているけれど、今でも大きく揺れて心配になる。

私は、庭の小さな木を指さした。

「あそこはどう？　あの、やっぱり、私も動きにくくて……」

すると、準備運動の時点でかなり揺れたことに衝撃を受けていたのだろう。

鳥ちゃんは大人しく小さな木の枝へと飛んでいくと、そこにちょこんと止まる。

「ちょっとそこで待っていてね」

「ぴよ！」

私は軽くジョギングから始め、体の動きを確かめてから、前日と異常がないかや動かしにくい箇所はないかなどチェックしていく。

そして柔軟体操をしてから戻ると、そこには執事長のレイブンさんがおり、鳥ちゃんの前に可愛らしい鳥小屋や、止まり木、鳥用のおやつを乗せたお皿と、水浴び用のテーブルまで用意してくれていた。

その他にも、魔石で作られている鳥用のおもちゃやブランコなどもある。

鳥ちゃんはすごい勢いで、止まり木の下に用意されていたブランコをブンブンと乗りこなし、楽しそうに今度は魔石をくるくると回し、遊び疲れるとおやつをくちばしでつついている。

至れり尽くせりである。

「シェリーお嬢様。どうぞこちらをお使いください」

「ありがとうございます」

タオルを手渡され、私は呼吸を整えながら汗をぬぐう。

鳥ちゃんは私の方を見ると、嬉しそうにぴよぴよと鳴きながら水浴びを始めた。

水に入ってはプルプルプルと体を揺らしており、それも可愛い。

「私シャワー浴びてくるけれど、もう少しここにいる？」

「ぴよ！」

「はーい」

「私はここにおりますので、何かありましたら連絡いたしますね」

「ありがとうございます。お願いします」

私は歩き出したのだけれど、ちらりと振り返ると、鳥ちゃんの周りには執事さんや使用人の方々が集まっているのが見えた。

みんな鳥ちゃんが可愛くて見に来たのだろう。

「可愛い〜」

「ふわふわだぁ」

「アスラン様のお屋敷で働いていて、こんなに可愛いもふもふちゃんが来てくれるなんて……」

「ここで働いていてよかったぁ」

そんな声も聞こえてきて、みんなが怖がったり嫌がったりしていなくて良かったなぁとほっとしたのであった。

シャワーを浴びた後鳥ちゃんを迎えに行くと、鳥ちゃんは私の肩に乗って、今度はうとうととし始める。

きっとたくさん遊んで疲れたのだろうな。

「レイブンさんありがとうございました」

「いえいえ。屋敷の皆も喜んでおりました。もしまた機会がありましたら、皆喜ぶのでよろしくお願いします」

「ふふふ。はい。もちろんです」

私達は微笑み合う。

「シェリーお嬢様も、飲み物はいかがですか？　冷たいレモネードを用意してありますが」

「いただきます！　いつもありがとうございます」

「いえ、シェリーお嬢様のおかげで屋敷が以前よりも明るくなりました。こちらこそありがとうございます」

私は差し出されたレモネードを飲み、甘酸っぱさに頬を緩めた。

第六章　話し合い

王城と魔術塔を繋ぐ石造りの渡り廊下。

魔術師の正装である黒いローブに身を包み、威風堂々そこを歩く影が四つ。

四人が並んで歩くことは珍しく、王城で働く者や、訪れていた貴族のご令嬢達が驚いた表情で彼らへと視線を向けた。

その瞳はどこか冷ややかで、その姿にひそひそとした話が始まる。

「魔術師長のアスラン様だわ。それに、ベス様、ミゲル様、フェン様もいるわ」

「わぁぁぁ。素敵！　魔術塔最強のメンバーじゃない！　なんてラッキーなのかしら！　あの方々の姿を見れるなんて滅多にないわよ！　魔術塔からなかなか出てもいらっしゃらないし！」

「笑わないと噂される方々だけれど、本当に無表情ね。まぁそこが素敵なのだけれど」

「ええそうよ。はあぁぁ。今日は運がよかったわ」

ご令嬢達は口々にそのようなことを言い、それぞれの話題に花を咲かせていく。

魔術師はローグ王国にとって有益な存在であり、だからこそ貴族ではなくても地位が確立されている。

故に、貴族のご令嬢達からは結婚したい相手として見られることが多い。

けれど、今まで魔術師が貴族になびいたことはなく、どれほど声をかけようとも無視されるのが落ちであった。

だからこそ、魔術師は他人に興味がなく人との関わりを嫌っているのだろうと最近では噂されるようになっている。

そんな四人が歩いていく姿を見送ったご令嬢達は、小さく息を漏らす。

「はぁぁ。笑っているお姿、見てみたいわ」

「笑わないわよ！　ふふふ。それがいいんじゃない」

「まぁそうよね。なんだか、人間じゃないみたいなあの雰囲気が素敵」

噂話は噂話に過ぎないというのに、それが真実かのように広がっていくのであった。

四人が赴いたのは、王城の謁見の間の一室であり、そこにはすでに他の文官、武官貴族の面々が集まっている。

彼らは用意されていた席に座るが、その途端に場の雰囲気が少しばかり緊張に包まれる。

貴族の中でも、魔術師の存在というものは年々大きくなっている。

アスランが魔術師長についてから、それは顕著になってきており、だからこそ取り入ろうとしてくる者も多い。

「アスラン殿。今日は、他のお三方もそろってこられたのですね」

「先日の魔術具もとても良い品ができていましたね！　さすがでした」

「いやはや本当に。魔術師殿方は本当に素晴らしい」

それらの言葉に三人は一瞥するだけですぐに視線を逸らし、口を開くそぶりすらせずに無視をする。

アスランは静かに口を開いた。

「もうすぐ国王陛下がまいります故、もし話があるならば正式に申請をよろしくお願いいたします」

その言葉に、貴族達は静かに黙り、部屋の中にまた静けさが訪れる。

アスラン達は前を向き、それ以上何もしゃべるつもりがないというように視線を逸らしたものだから他の貴族達も口をつぐむしかない。

少ししてから国王陛下が入室したことに皆がほっとしながら頭を下げる。

「皆、集まっておるな」

国王陛下は静かに全体を見回すと席に着き、それから議題に移っていく。

いくつかの確認事項をしたのちに、今回の本題である、聖なる鳥についての話になった。

アスランとベス、ミゲル、フェンは立ち上がると、聖なる鳥の現状について調べた限りをその場で説明していく。

すると、そこから話題は聖なる鳥の管理について意見が割れ始めた。今回のことが魔術塔に一任されていることに不満を口にする者が出たのだ。

「聖なる鳥は、神殿で管理すべきでは？」

「いや、管理するならばローグ王国王城内でがいいだろう」

「そうだろうか？　できれば、研究部で管理したい」

「いやいや、それならば我が研究室で」

それぞれが聖なる鳥について調べたい思いや聖なる鳥を利用したいという思惑があり、意見を述べていく。

たくさんの問答が飛び交う中、アスランが口を開いた。

「聖なる鳥は、報告をした時点で国王陛下より、我が魔術塔が保護管理することが決定づけられております」

その言葉にざわめいていた場が静まり返るが、一人の貴族が反論した。

「本当にそれが最善なのでしょうか？　魔術塔とは魔術の専門。聖なる鳥は聖力を宿すのですから、聖なる神を守護する神殿が最適ではないでしょうか」

ローグ王国でも神殿はかなりの力を持つものだ。

聖女の数は少なく発展しているのは魔術とはいえ、聖女の力に頼る部分もある。

アスランは視線を三人の部下に向けると、彼らは魔術具を発動させて映像を映す。

そこに映し出されたのは、聖なる鳥の文献資料に載っていた絵や文章。それらを見せながらアスランは言った。

「聖なる鳥とは言いますが、その聖力を利用され、国が亡びかけたこともあります。また、大切な者と離れさせられたことに憤慨し、草木を枯らしつくしたことも……聖なる鳥は何らかの理由により私の採取者に懐いており、それを引き離した際、何が起こるかは分かりません」

「だ、だが……採取者だろう!?」

「そうだ。ただの採取者に任せて大丈夫なのか!?」

アスラン達はこの数日間、鳥をシェリーから引き離したらどうなるのだろうかと実験を続けていたのである。

きちんと理由を説明しての場合は納得し大人しくしていた。そこからはきちんと言葉を理解し、時間の概念もあることが分かった。

そして次の実験では、シェリーにも演技をしてもらい強制的に引き離した。

理由も分からずに引き離される。しかもそれをシェリーも納得していないということを鳥に理解させる。

首輪をしていたからこそ大事《おおごと》にはならなかったが、鳥は大暴れをして不思議なことに魔術塔の植物という植物が枯れ果てたのである。

その被害は甚大であり、突然のことに魔術塔内は大騒ぎになった。

魔術塔外に被害が出なかっただけましではあったが、研究途中の植物も全て枯れてしまい、思いもよらない被害であった。

そのことについても、映像と共に皆に話をしていく。

そうすることで、文句を口にしていた貴族達が次第に静かになる。

植物は全て枯れ、黒に染まっている。

そして最終的な権限を持つ国王へとおのずと視線が集まっていく。

「この聖なる鳥の一件、元々魔術塔の採取者が発見したことや他のことも加味した上で、鳥の管理は魔術塔に任せてある。だがしかし、他の者達からしてみれば、アスランの採取者のことをただの採取者、としか見れていない点には問題がある」

そう告げられ、アスランは眉間にしわを寄せる。

国王の腹の内が分からず言葉に耳を傾けていると、国王は笑みを浮かべて言った。

「アスランよ。我がローグ王国は魔術師達の働きにより以前よりも豊かになった。だからこそ魔術師には尊敬の念を抱いている。しかしながら、レーベ王国から来た採取者シェリーについては不満の声が一部あるのは知っておるな」

「はい。自国の採取者もいるのに、何故他国から来た採取者が私専属の採取者なのだという声があるのは存じております」

「うむ。おそらくこれは、そうした声もあるからこそ上がってきた不満の声なのではないだろうか。どうだ、良い機会だ。お前の採取者の能力を皆に知らしめればよい」

「……それは、どういうことでございましょうか」

周囲の貴族の反応をアスランはちらりと見て、これは謀られたなと思う。

魔術師は基本的にローグ王国に籍を置かれ、各貴族が魔術師を囲うことは禁じられている。

だがしかし採取者は違う。

採取者は貴族が雇用している場合がある。魔術塔と直接契約をせずに、貴族を通して契約をしていることが多いのだ。

採取者としてみれば、貴族の後ろ盾と援助により衣食住が安定することなどメリットが大きい。

では貴族にメリットはあるのか。

実のところ、アスランはこれは大きな問題だと感じている。

現在、採取者は貴族のある意味娯楽品のような扱いなのだ。優秀な採取者を保有していることがある意味高位貴族のステータスのようなものになっている。

そんな貴族達からしてみれば、アスラン専属の採取者という地位は、最も誉れ高く他の貴族に一目置かれる喉から手が出るほどに欲しいもの。

貴族とは面倒くさい生き物だとアスランは内心思う。

おそらく競い合って手に入れようとしていた地位に、知らぬ間にシェリーがいたことで不満を申し出た貴族がいたのだろう。

「アスランの採取者シェリーの実力を皆に分からせてやってはどうだ。またそれと同時に、他の貴族から自分達の雇用している採取者の能力も知ってほしいとの意見があってな、それを見る場を整えようと思う」

なるほどとアスランは納得がいく。

聖なる鳥の管理への意見は、この話をする為の布石だったのだろう。

アスランの採取者という地位は他の貴族からしてみれば欲しいもの。それが得られない正当な理由が知りたい。もしくは、自分の雇用している採取者がシェリーよりも優秀だと知らしめたいということなのだろう。

国王からの命とあれば、それを断ることはできない。

アスランは国王を見つめ口を開く。

「公正であり公平な場でしょうか」

国王はにやりと笑みを浮かべてうなずいた。

「もちろんだ。我が名に誓おう」

他の貴族の面々を黙らせせよと、その視線からアスランは感じ取りうなずく。

それに笑みを深める貴族の面々も多い。

「近々その場を設ける！　そのことについてはまた連絡する。それでよいな？」

その言葉に皆が同意するように頭を下げ、その場は落ち着くことになったのであった。

魔術塔の三人は一仕事終えて魔術塔に帰った瞬間、いつもの調子に戻り、堅苦しい正装服をすぐに脱ぎ捨てて着替えを済ませるとそれぞれに声をあげた。

「あー！　貴族って私きらーい」

ベスの言葉に、フェンとミゲルが同意するようにうなずき、おえっと吐くような仕草をする。

「あいつら、俺達のこと人間と思っちゃいねーぜ」

「本当にぃ。ははは。面白いよねぇ」

三人はソファにぐでぇっと座り、その様子にシェリーはくすくすと笑い声を立てながら、紅茶の準備をしている。

アスランはそれを手伝いながら、菓子を机の上に並べていく。

「お前達は毎回猫かぶりが大変だから、よけい疲れるんだろう」

アスランの言葉に、シェリーが首を傾げる。

「猫かぶりですか？」

「あぁ。こいつら魔術塔を出たら全く笑わず無表情で通すのだよ」

「え!?　皆さんが？」

驚くシェリーに、三人はにやりと笑みを浮かべた。

「私達のこと見て、きゃーきゃー言う人もいるのよ～。でも、面倒くさいんだもん」

「そうそう。俺は女の子は好きだけれど、あいつらには媚びを売るつもりはない」

「面倒だからねぇ。関わらないのが一番だよ。その為に、こっちに構ってくれるな！　って気合を入れてオーラを纏ってるつもりなんだぁ」

そう笑い合う三人に、シェリーは驚いた様子のまま言った。

「無表情……見てみたいです」

シェリーからしてみれば、いつも笑っているか怒られてしょぼんとしているかであるから、彼らが無表情というのが想像できないのだろう。

そんなシェリーに、アスランは困ったことになったと今回の一件を話した。けれど、シェリーは何故か瞳を輝かせた。

「それって、アスラン様専属採取者と胸を張れる機会をもらえるってことですよね！　嬉しいです！」

シェリーのわくわくとした姿に、アスランはため息をつき、それから優しく彼女の頭を撫でる。

それを見て、三人は楽しそうに笑う。

「あの貴族の面々、今のアスラン様の姿見たらどう思うんでしょうね！」

「いや、むしろ疑われるんじゃねーか？」

「たしかにぃ～。だからまぁ、優秀さを知らしめるってある意味いいかもねぇ。文句言われなくなりそうだし」

シェリーはその言葉に元気よく返した。

「はい！　アスラン様の採取者として誇れるように私、頑張ります！」

「アスラン様を狙うご令嬢達に、早く二人がラブラブなのよって言ってあげたいわ」

ベスのつっ込みに、シェリーは顔を真っ赤にしてあわあわとして、さっきの勢いはどこにいったのかと皆に笑われたのであった。


数日後、王城主催による採取者の力試しの場が設けられるということが発表され、ローグ王国内はお祭りのような賑やかさになった。

国民にも採取者の仕事について理解を深めてもらいたいという趣旨もあるようで、どのように採取をするのか、どんなところに行ってどのようなものを採取するのかなども魔術具を通して見られるようにするとのことであった。

連日魔術塔では、その為の準備も進めることになり、ベスさん達が悲鳴を上げている。

「私達にだって段取りっていうものがあるのに！」

「本当だよな！　魔術具が勝手に生まれるとでも思っているのかよ」

「意味分からないよねぇ。作りたいものたくさんあるのにさぁ～」

自分達のやりたいことができないと、ぶつぶつと文句を言いながらも、王国側からの依頼された魔術具を淡々と作り上げていく三人。

私は鳥ちゃんを肩に乗せながらその様子を見つめていた。

「すごいですねぇ。皆さん」

そう伝えると、ベスさんが唇を尖らせた。

「別にこれは難しくないけど、作りたくないからやりたくないのよ。はぁ。鳥ちゃん未だに肩とかに乗ってくれないし、シェリーがうらやましい」

「でも不思議だよなぁ。俺達こんなに尽くしているのに」

「刷り込みとかあるのかな？」

三人は手は動かしながらも鳥ちゃんと私を見つめ、首を傾げる。

「ただ単に、その鳥ちゃんの好みがシェリーってことはない？」

「ありえるよなぁ」

「あはは。アスラン様ピンチだねぇ。文献にも番求めるとか書いてあったし、ありえそう」

奥の机に腰かけて仕事をしていたアスラン様はその言葉でこちらに視線を向けると言った。

「手を動かせ。はぁぁ。この忙しい時期に入って、結構仕事がいっぱいだな。シェリーすまないが、いくつか採取物で足りないものがあるのだ。頼んでもいいか？」

「はい！　もちろんです。リストをいただけますか？」

「あぁ。今用意している。鳥はどうする？」

「リスト次第ではお留守番しててもらいますね」

そう言うと、鳥ちゃんがボフンと子どもの姿になり、私にぐりぐりと抱きついてくる。

「いやだぁ。ぼく、しぇりーといっしょ」

基本的には鳥の姿だけれど、自分の気持ちを伝えたい時などは人型になってうるうるとした瞳で私に気持ちを伝えてくれる。

幼児の姿を最初に見た時は驚いたものだけれど、慣れるとただただ可愛い。

特に私とベスさんはもう鳥ちゃんにメロメロである。

「ごめんね。すぐに帰ってくるから」

「ううぅ。でもでも、ぼく、さみちい！　いーやーだ！」

ほっぺたを膨らませて少し怒ったようにそう言う姿が可愛すぎるけれど、採取の時には仕方ない。

「おりこうさんにしていたら、お菓子買ってきてあげるね」

そう伝えると表情が一転し、ぴょんぴょんと跳ねながら鳥ちゃんは喜んだ。

「やった！　やった！　おかち！　おかち！」

「その代わりおりこうさんでね？」

「はーい！」

鳥ちゃんは鳥の姿に戻ると、ピヨピヨと鳴きながら魔術塔の室内を楽しそうに飛んでいる。

それを皆は眺めながら小さくため息をついた。

「可愛いのになぁ」

「あれが、魔術塔の植物を枯らした時の恐ろしさったらなかったよなぁ」

「研究植物全部だめになっちゃったもんねぇ」

遠い目をしながら呟く三人に、アスラン様も同意するようにうなずく。

「私が三年かけて育てていた研究植物も、一夜にして枯れた」

皆がため息をつく中、鳥ちゃんだけは上機嫌で飛び続けている。

私は苦笑を浮かべ、鳥ちゃんを鳥かごへと戻すと、アスラン様にもらったリストを手に採取へと向かったのであった。

今回の採取物はそこまで難しいものではないので、夕方までには帰れるだろう。

そう思いながら、移動の為のポータルに向かった時のことであった。

このポータルは現在魔術塔が専用としているもので、私が使う時間帯は基本的にアスラン様がその使用を禁止するので他の採取者と重なることはなかった。

もちろん魔術塔は他の採取者とも契約しているので、その人達が使っているのは知っていたのだけど、今日はポータルの前に数名の男性の採取者が陣取っていて、私が近付くとこちらを睨みつけてきたのである。

一体なんだろうかと思いながらポータルのところまで行くと、通せんぼをするように目の前に立ちふさがる。

「おい。お前、名前は？」

「ここは魔術塔のポータルだぞ」

突然偉そうな態度でそう言われ、私は初めて出会う採取者達に内心驚きながらも挨拶をする。

「こんにちは。私はアスラン様専属の採取者のシェリーです。今からポータルを使う予定なのですが。どうかしましたか？」

すると男達の顔色が変わり、私のことを先ほどよりも厳しい表情で睨みつけてくる。

「お前が？　噂に名高い天才採取者のシェリー？　ははは。こんな小娘が？」

「天才採取者って、おいおい。やっぱり過大評価だろう」

基本的に魔術塔と契約をしている採取者は貴族に雇用されている。その為、アスラン様からは関わらない方がいいと言われていた。

魔術塔と直接契約している採取者に関しても、行動の時間が基本的に自分とは違う為挨拶を交わしたことがなかった。

だからこそ、ローグ王国に来て初めての他の採取者との交流となったのだけれど、あまり良い雰囲気ではない。

こちらをじろじろと見てくるその不躾《ぶしつけ》な視線に、私はどうしたものかと思いながら時計を確認する。

「すみませんが、採取に行かなければならないのでそこを通してください」

そう告げると、男達は不遜な態度で言った。

「ははは。お前、本当にアスラン様の採取者としてやっていけているのか？　はぁ。俺達の実力を知らないから、アスラン様はお前を選んだんだろうなぁ」

「違いない。こんな小娘よりも俺達の方が優秀だろうに」

「そうだよなぁ！　おいお前。調子に乗るなよ。今度の公の場で、アスラン様の採取者の座は降りてもらうからな！」

それを言うだけの為にここで待っていたのだろうか。

「……では公の場で、アスラン様の採取者に相応《ふさわ》しいと皆様に認めてもらいますね」

私が笑顔でそう返すと、男達は顔を歪めた。

「っは。威勢がいいのは今のうちだけだ」

「今日は挨拶に来てやったんだ。ありがたく思え」

「吠えづらをかくのを楽しみにしているからな」

男達がそう言うと、一人の男が一歩前に出る。

「俺達だって、採取者としてローグ王国で頑張ってきたんだ。それなのに、突然お前が現れた。採取者としてアスラン様専属だってことで顔を見られない、会えもしない。だが、今回国王陛下からの命で、やっとお前と俺達のどちらが優秀か、はっきりさせられる」

そこで一度言葉を切ると、私のことを見下ろしながら男は改めて言った。

「宣戦布告の為に、ここで待っていた。当日、逃げるんじゃねーぞ」

その言葉になるほどなと思いながら、私はうなずく。

「もちろんです。逃げも隠れもせず、正々堂々とお互いの力を出し切りましょう」

私の言葉に男はにやりと笑う。

最初は嫌な人かもと思ったけれど、この男の人達からしてみれば、隣国から突然やってきた私に納得がいかないのも当たり前だなと思った。

けれど納得がいかなかったのにもかかわらず嫌がらせなどはしてこなかった。

真正面から正々堂々力を見せ合おうというその気概を感じた。

男達はその後立ち去り、私はそれを見送りながら気合を入れる。

アスラン様の採取者として絶対に認められたい。

その為にはまず、ちゃんと目の前の仕事を終わらせなければならない。

私は両頬を叩くと、ポータルを起動させる。

「私はアスラン様の採取者として、最善を尽くさなくちゃ」

採取者として認められたい。

そんな風に思うのは初めてのこと。私は色々と欲が出てきたなと苦笑する。

アイリーンといた時には、こんなことを思いもしなかった。

ふと、私はアイリーンのことに思いを馳せる。

「大丈夫かしら……」

今何をしているのだろう。

何を思って、行動しているのだろう。

色々な想いが過ったが、頭を振って、私は頭を切り替える。

「集中！」

私は必要な採取に集中し、アイリーンのことを頭の隅に追いやったのであった。


それから数日、私は気合を入れて自分の仕事を行いながら、体を整えていく。

最善の状況で挑みたいと思い、ここ最近はアスラン様と共に夕食を取るのも遠慮し、自分の体を鍛える方向へと気持ちを持っていく。

今一緒にいたら、自分に甘くなりそうだと思ったから。

アスラン様の採取者として私は認められたい。

認められたいならば、自分にできる限りの努力をするべきであり、最大限の時間をそこに割くべきなのだ。

私は採取を行った帰り道、山中にある滝つぼの前にある巨大な苔《こけ》の生えた岩の上に、静かに腰を下ろす。

呼吸を整えて、山の音に耳を傾ける。

風のざわめき。

水のせせらぎ。

森に住まう動物や魔物の鳴き声。

羽音。

虫達のうごめき。

一つ一つを介して森は繋がっている。

風が変わり、土の香りを感じて、私は空を見上げた。

雨がもうすぐ降るだろう。

私は上着を脱ぎ捨てると、タンクトップにズボンの軽装になり、髪の毛を下ろした。

雨は情報だ。

私が昔師匠に教えてもらったことを思い出していると、聞き慣れた足音がする。

「師匠。どうしたんですか？」

視線を森へと向けて尋ねると、緑に紛れていた師匠の姿が露になり、そして私の横まで来ると、同じように横に座る。

「雨が降るな」

「はい」

私達は瞼を閉じて雨を待つ。しばらくして、ポタ、ポタと大粒の雨が降り始める。

ゆっくりとそれは地面を濡らし始め、滝のようになると森に湖を作っていく。

森の中が水で満たされる。

虫たちは木の上へと移動し、土の中で眠っていた山椒魚《さんしょううお》や小型の生き物達が目を覚まして動き始める。

カエルの鳴き声に包まれ、空から最後の一滴の雨が降り終わり、私は瞼を開けた。

すると、鳥の鳴き声が大空から聞こえ始める。

森が活気づいていくのが分かり、私は立ち上がると大きく背伸びをした。

「この森は豊かですね。今年は良い特殊薬草が採取できそうです」

「あぁ。降った雨の量も質も良かったな。森も活気に満ち溢れている」

「湿度的にも水の量は十分と思いますが、魔石の方はどう思いますか？」

「そうだな。この状況ならば、採取しやすいだろう」

ここら辺の地域は魔石を採取する際に水の量と成分が重要になる。

水の量も質もおおよそ良く、採取するのにも問題ないだろう。そして水の量は採取の難易度にも直結する。

水が少ないと土が固くなり、採取が困難になるのだ。

「良かったです。今度ここで採取したい魔石があったので」

「そうか。それで、調子はどうだ？」

「良いです。師匠。私、昔師匠が言っていたことが最近少し分かるようになったんです」

「ん？」

師匠は、口は悪かったけれど、なんだかんだ私のことをいつも気にはかけてくれていた。

だからアイリーンの傍にいると言った時も心配してくれていたのだと思う。

「アスラン様は、私の最高の相棒でもあるんです」

今まで、相棒という言葉を使ったことはなかった。

けれども、師匠にはちゃんと伝えたかった。

私は今、自分のことを頼りにしてくれる、そして私もまた頼りにできる相棒と共に仕事をしているのだと。

師匠が微かに笑ったような気がする。

「そうか」

師匠は瞼を閉じる。

私も同じように瞼を閉じた。

自然を感じること、それは師匠から教わった大事な採取者としての能力であった。

これまでたくさんのことを師匠からは学んできた。

私にとっては最高の師である。

しばらくして、瞼を開けると師匠に問いかけた。

「久しぶりに手合わせしていただけますか？」

「あぁ。魔術具を使い始めたと聞く。それらも利用して良いから、全力でかかってこい。今どの程度なのか見てやろう」

「ありがとうございます」

私は立ち上がると師匠も立ち上がり、私達は苔の生えた岩の上でお互いに構えた。

採取者としてというより、女が一人で山や森に入っても生き延びられるように、師匠からは対人戦も鍛えられた。

体格では敵わない相手とどう戦うか、複数人を相手にした時どうするか。

師匠は私に生きていく術《すべ》を教えてくれた恩人だ。

私は、魔術塔で作ってもらった魔術具を活用しながら師匠に向かって打ち込んでいく。

けれどそれらは簡単にいなされ、私は蹴りを使いながら、連続した攻撃を繰り返す。

できるだけ体勢は低く、身体が小さいことを有利に働かせながら、師匠の懐へと入る。

「モード！　炎！」

「っふ。面白いな」

炎の玉を師匠へと打ち込もうとしたけれど、いとも容易くよけられ、額に思いきりデコピンされる。

「いったぁぁ」

「ほらほら、お前の負けだ。さぁ頑張れ」

「まだまだですよ！」

「あぁ。頑張れ頑張れ」

手を止めず、足を止めず、私は魔術具を駆使して立ち向かっていくけれど、一向に師匠に一発も入れることが叶わず、最終的に十回デコピンされたところで、うずくまってうめき声をあげた。

押さえる額が痛い。

「ううう。一発も入れられないなんて……」

「そうだな。まず、魔術具がうまく使いこなせていないぞ。タイミングも悪い。それらをしっかりと合わせる方法を考えた方がいい」

「はい」

「あと、魔術具に慣れようという気持ちは分かるが、それが役に立っているかを常に考えて臨機応変に使うように」

「なるほど」

私がうなずくと師匠も同じようにうなずく。

それから私は師匠に行った攻撃を思い出しながら、どうして躱されたのか、いなされたのか、一つ一つを頭の中で振り返る。

「師匠は私が魔術具を使うタイミングが分かっているようでしたが、どうしてですか？」

「慣れが足りないから動きに無駄があるのと、魔術具で攻撃する時に必ず手前の時点で構えるからそりゃあ分かる」

「あー。そうか。なるほどです」

自分の動きを振り返ると、確かに攻撃前に即座に動けるようにと構えてしまっていた。

そうした相手に予測される動きは極力減らしていかなければいけない。

「ありがとうございます」

「あぁ。シェリー。ローグ王国の国王には挨拶に行ったぞ。私も見に行くからしっかりと力を示せよ」

「そうなんですか？　師匠が見に来てくれるなんて、なんか嬉しいです！」

右も左も分からない私に採取者としての生き方を叩きこんでくれた師匠。

そんな師匠に、自分の成長を披露できる場が来るなんて思ってもみなかった。

自分の中にやる気が満ちてくるのを感じ、両手で頬を叩いて気合を入れ直した。

「私頑張ります！」

そう告げると師匠は眉間にしわを寄せる。

「採取者とは頑張るのではなく実力を常日頃どおりに出すのが一番だ」

「あ……はい」

「だがまぁ。励めよ」

「はい！」

私は笑みを浮かべ、大きくうなずいた。

その後は、師匠に誘われて久しぶりに一緒に採取を行うことになった。

私は一仕事終えた後だったけれど、装備的にも問題はなく、師匠との久しぶりの採取ならばできるだけ一緒にしたい。

師匠との採取には学びが多いのだ。

相変わらず、師匠は息一つ乱すことなく軽々と山を登るわ、鍾乳洞を平地のように走るわで、自分の未熟さをほとほと思い知らされる。

自分はまだまだ未熟。

自分の先に見える大きな師匠の背中に、もっともっと高みを目指さなくてはと私は思ったのであった。

第七章　進むべき道

そこには雲一つない青空が広がっている。

街の方ではすでに賑やかに祭りが始まり、採取者の仕事を見る機会をわくわくと朝から楽しみにしている者が多いと聞く。

街同様に会場も騒がしい。

今回の出発地点は王城の特別訓練施設である。

すり鉢のような形で、その中央の広場に特設のポータルが用意されている。

応援席に入れるのは基本的にローグ王国の貴族や魔術師達だけであった。

魔術師達は一箇所に固まって座っており、皆が黒いフードを深々とかぶっている為、そこだけ怪しげな雰囲気がある。

その一番前に座っているベスさん、ミゲルさん、フェンさん達の目の下には隈が浮かび上がっていた。

彼らの頑張りによって、今回街の人々も採取者達の姿を映像として見られる予定となっている。

ちなみに、各採取者には一人一台ずつ、小型の魔術具が空中についてくるシステムになっており、それらが各々の状況を伝える役割を担っている。

すごいなと思うけれど、三人はもうこれは二度と作りたくないと言っていた。

ベスさん、ミゲルさん、フェンさんは天才的な魔術師だけれども飽きやすく、作り方は分かっていても二度と作りたくないと言ったものに関しては本当に作らない。

そして作ったとしても、他の魔術師ではそれを再現できるほどの実力がないことから、一点ものの魔術具も珍しくないのだ。

私は最初それを知った時、三人は本当にすごい魔術師なのだなぁと驚いたものだ。

街のお祭り騒ぎは、会場にまで響いて聞こえてくる。

皆が楽しそうな雰囲気だが、今回の主役である採取者達だけはお祭り騒ぎとは違い、それぞれが気合を入れている。

私は師匠に言われた通り、いつも通りを心がけて集中していく。

準備運動も荷物の確認も念入りにしてある。

ただ、大丈夫だ、いつも通りにとは思っても多少緊張はする。

採取者がこんなにも大勢の人に見られることは、これまでもなければ今後もないだろう。

だからこそ緊張するのだけど、その時、会場にいるリエッタ様の姿が目に入った。

「シェリー様！　頑張って！」

こちらに向かってブンブンと手を振るリエッタ様が可愛らしくて、私も小さく手を振り返した。

「応援してますわー！」

「頑張りますー！」

聞こえるかは分からなかったけれど私も返事をすると、リエッタ様が声をあげて何度も手を振ってくれた。

応援してくれる人がいるというのは嬉しいものだなと思った。

そして、私は国王陛下の横に立つアスラン様へ視線を向けた。

アスラン様はこちらに向かってうなずき、私もそれにうなずき返す。

大丈夫だ。

やることは、いつもと変わらない。

「っは。よく逃げなかったな」

「絶対に負けないからな」

「正々堂々勝負だ！」

先日私のことをポータル前で待ち構えていた男性達が大股でこちらに歩いてくるとそう言った。

リーダー格であろう一番身長の高い男は軽く準備運動をするように体を動かしたあと、拳をこちらに向けて私を睨みつけた。

「俺達の力を見せつけてやる」

おそらく彼らは数人一組で行動する採取者なのだろう。

今回は別に単独戦ではない。いつものように、採取者は採取すればいいのだ。

一人であろうと複数人であろうと、協力しようと協力しまいと関係ない。

目的の物をしっかりと採取すること。

それだけだ。

国王陛下が立ち、私達はその場で跪《ひざまず》きその言葉を待つ。

「我がローグ王国は魔術によって発展を遂げておる。その為には優秀な採取者が必要だ。今回はその採取者達がいかに過酷な道を歩み特殊魔石や特殊薬草を採取しているのか、皆が分かる場となるだろう。それと同時に優秀な採取者の力を皆が知る良い機会だ。誉れ高き採取者達よ。その力を示して見せよ」

「「「「はっ！」」」」

街からの歓声、そして会場からは貴族達の拍手が聞こえてくる。

今回採取者同士で邪魔する行為などは禁止されており、簡単なルール説明もある。だが、やることは変わらない。

常日頃から使ってきた道具と体で、目的のものを採取するだけである。

今回の採取物は、蛋白石《たんぱくせき》特殊魔石。

奇跡の石と呼ばれる特殊魔石であり、虹色に輝くそれを手にした者には幸福が訪れると言われている。

一流の採取者でなければ採れないものと言われている。

私も一度師匠と採取をしたことがあるが、かなり大変なものであったことが記憶に残っている。

とはいっても今よりも体も小さく体力もない時である。

今ならば自分一人でも行けるという、確かな確信が私にはあった。

「よし。頑張るぞ」

気合を入れる。

私達採取者がポータルに乗り、そして次の瞬間、蛋白石特殊魔石採取場所である山脈の下に移動する。

今回特別に直接この場所とポータルは繋げられており、山脈側にも設置されている。

至れり尽くせりである。

私達は山脈を見上げ、そしてスタートの合図を待つのであった。

◇◇◇

シェリーが山脈を見上げる頃、アスランとジャンは国王陛下の傍に控えていた。

魔術塔の三人もシェリーの応援に来てはいるものの、その表情は硬い。

それは他の魔術師達も同様であり、貴族に囲まれているという環境は魔術師にとってはかなりの苦痛なのだろう。

魔術師にとって貴族の社会というものは性《しょう》に合わないらしく、だからかできるだけ貴族とは関わらないようにする傾向がある。

アスランはその様子をちらりと見つつ、もう少し社交性があればなとも思う。

ただほとんどの魔術師は魔術にしか興味がなく、興味のないものに対しては無だ。

下手に貴族に利用されないだけよしとするしかないと、アスランはため息をつく。

ちなみに、聖なる鳥は現在アスランの席の横に設置されている台の上の鳥かごに入れられ、そこでシェリーの様子を見守っている。

一度行った無理やり引き離すという実験以来、鳥は警戒心をむき出しにするようになったのだけれど、シェリーがお菓子を取引に鳥を待たせるという技を身に着けさせてから格段に世話が楽になった。

鳥かごの中で心配そうなもののぴょんぴょんと飛び跳ねながら、植物を枯らしたりすることはなくなり、アスランも魔術塔の三人もほっとしている。

今回ロバート公爵家から鳥についての伝承の文献や資料、聖女の作ったとされる木箱などについても国王陛下の近くの席に飾られるようにして設置されている。

国民や他の貴族などに、聖なる鳥についての物語が魔術具の拡声機を使って放送されているが、放送を行っているのは、リエッタ嬢であった。

ロバート公爵家を代表してリエッタ嬢が今回の語《かた》り部《べ》として選ばれたのである。

美しいリエッタ嬢の語りに、皆が恍惚とした表情を浮かべており、鳥もまんざらではない様子で聞いている。

そんな中、少し周りが騒がしくなったかと思うと、なんとシェリーの師匠であるロジェルダが国王の横に来て座った。

「ロジェルダ。やっと来たか」

「あぁ。私はここでいいのか？」

「もちろんだ友よ。さぁ、座ってくれ」

そんな会話が聞こえてきて、アスランはその様子を見守る。

すると横にいるジャンがアスランに小声で言った。

「あれはエルフのロジェルダ・アッカーマンか。ははは。生きているうちに伝説の採取者に会えるとは思わなかったな」

「シェリーの師匠だ」

そういえば言っていなかったなと思い口にすると、ジャンは驚いた表情でアスランのことを見た。

「嘘だろう？　弟子が、いたのか？」

「あぁ。私も最初は驚いた」

ロジェルダ・アッカーマン。

その名前は各国に轟いており、色々な意味で有名な人物だ。

採取者・探検家・賢者。

国によって呼ばれ方は違えど、その能力が人間とは一線を画しているのは確か。

「あの、ロジェルダ殿の……。シェリー嬢……すごいな」

ジャンは感慨深そうに呟き、言葉を続ける。

「レーベ王国はなんという人材を手放したのか。我が国にとってはありがたいがな」

「シェリーが来てくれたおかげで、魔術の進歩の速度が格段にあがった」

「そうだよなぁ。今回の、この映像を転送する魔術具も、今まであれば作れなかったのだろう?」

「あぁ」

アスランは感慨深くうなずく。

これまでは、魔術具を作るアイディアはあっても、必要な材料が足りなかった。

特殊魔石や特殊薬草というものは簡単にぽんぽんと採ってこられるようなものではないのだ。

だからこそ、限りある材料の中で作るしかなかった。

それは魔術師達をくすぶらせる原因の一つだった。

作りたいのに、材料が足りないから作れない。

それは強いストレスを魔術師達に常に与えていた。

だがしかし、シェリーが魔術塔の採取者になってくれてから、そのストレスがどんどんと軽減されていく。

魔術塔は作りたいものを作れる環境に次第になり始め、また、シェリーが採取してきたものを元にアイディアを広げて作る姿も見られるようになった。

魔術師達は本来魔術塔から出てこない。

けれども、シェリーの応援となれば別なようで、嫌いな貴族に囲まれながらも、我慢が嫌いな魔術師達が我慢してシェリーの応援で席に着いているのだ。

「アスラン、我が国にシェリー嬢を連れてきてくれてありがとう」

「いや。本当にタイミングが良かったのだ。まさか引き抜きに向かう途中で彼女に会えるとは思ってもみなかった。彼女ほどの採取者は百年に一人……いや、それ以上だろうからな」

シェリーと初めて会った時のことを思い出しアスランはそう呟く。

彼女自身は自分の価値をまだ理解していない。

これまで他の採取者との交流もほとんどなかったようだ。

ローグ王国に来て専属採取者となった後も、アスランは他の採取者とシェリーがあまり接触しないようにしてきた。

他の採取者は彼女の実力を分かっておらず傲慢なところがあるからこそ、シェリーが嫌な思いをするかもしれないと思ったからだ。

だからこそ、彼女の実力を知らしめてからと思っていたのだが、何故か、彼女のすごさがなかなか伝わらない。

魔術師達の飛躍は魔術師達の手柄と思われ、それを否定しても、シェリーの有能さを理解してもらえないのである。

素晴らしいものを採取してきていることを伝えているのに、それならば自分達だって採取できると張り合うばかりになってしまったのだ。

今回の機会は良い場だとアスランは思った。

シェリーの力をもっと皆に知ってほしい。

そしてシェリーにも、自分がどれほどすごい採取者なのかを実感してほしいと思った。

彼女は自分を過小評価している。そうアスランはずっと感じていた。

「それにしても、シェリー嬢は小さいな。大丈夫か？」

「彼女は誰よりも優秀な採取者だ。問題はない」

アスランはそう言い、シェリーへと視線を送る。

映像が切り替わり、採取者達が次々に山へ登る準備をしていく姿が映る。

それをじっと見つめる。

「採取がどのように行われるのか、実際に見る機会はなかなかないから、楽しみだ」

「あぁ」

シェリーならば大丈夫。

アスランはそう思っているのだが、一つ懸念事項があり、ちらりと鳥を見る。

鳥発見以来、シェリーの妹であるアイリーンの行方は結局分からずじまいである。

何事もなければいいがと思いながらも、今が嵐の前の静けさのように思えた。

「無事に終わるといいが」

そんなアスランに、ジャンは笑って言った。

「無事に終わるさ」

採取を心配しているのではないがとアスランは思いながらも、今は見守るしかないのだと小さくため息をついたのであった。

◇◇◇

周りの採取者達は山を見て早々に準備をし、登り始めた者がほとんどだ。

先日シェリーに挨拶に来ていた男性達のグループは、入念に準備をしている様子である。

けれど、それらは私には関係のないこと。

ここからは自分の仕事の領域であり、自身の判断一つによって生死が分かれる場なのだ。

大きく深呼吸をする。

瞼を閉じて、全神経をその場の空気に集中させる。

湿度、気温、風速、匂い。

瞼を開け今度は山の様子を見上げ、それから私はしゃがみ込むと土の様子を確かめる。

肌が何故かピリピリとする。

「あいつ、何やってるんだ？」

「怖気《おじけ》づいたんじゃねーか？　はは。逃げるなら今だぞ」

そう言って先を歩き始めた男性達を、ちらりと見て私は一応声をかける。

「その装備で行くんですか」

「あぁ？　もちろんだ。下準備はばっちりだ」

「この後一気に気温が下がりますよ。あと、雨も降ります」

男性達は空を見上げ、燦燦と降り注ぐ太陽を指さして笑い声をあげた。

「ははっ！　何言ってんだ！　足を引っ張りたいならもう少しまともな嘘をつけ。じゃーな！　お先！」

小走りで山へと向かう男性達に、私は大丈夫だろうかと思いながら準備を始める。

ブーツを確認し、ポシェットからカッパを取り出し身に着けるとゴーグルをしっかりと付け直す。

隙間がないかチェックし、それから深呼吸をする。

こちらの様子を見ていた他の採取者は、笑う者と、私の真似をする者に分かれる。

私は軽くジャンプをした後に、小走りで山へと向かって足を進める。

この山は岩は多いが地面はしっかりとしている。だからこそ、ある程度のスピードで登った方が上がりやすい。

「嘘だろう」

「つは!? もう追いついてきた!? っていうか、なんでカッパ？」

その時であった。

突然雷鳴が轟き、バケツをひっくり返したような雨が降り始める。

他の採取者達は目を丸くして、慌てた様子でカバンからカッパを取り出す者と、そのまま登っていこうとする者に分かれる。

私は、一度足を止めた。

本当はこの勢いのまま行った方がいいのだけれど、そのまま登っていこうとする他の採取者達に忠告をする。

「この後、風が吹き荒れます。この山の気温差は激しい。濡れた状態では一気に体温を奪われて、下手したら死にますよ」

採取者ならば分かっているとは思いながらも、念の為に声をかけると男が声をあげた。

「な、なんでそんなこと分かるんだ！」

なんでと言われても。

私は少し意味が分からずに、その場にいた人達に向かって返した。

「気温と風と土と空を見れば……分かるでしょう」

しっかりと確認をしていないのだろうか。

なおも分かっていない様子の男達のことが少しばかり心配になる。

「風が、ほら、速さが変わった。空を見て、雲を見上げてください。この山の魔石に反応して流れが変わっているでしょう？　それに、ほら、土を触れば、濡れているから分かりにくいですが、ほら。……ね？」

何がほらなのかというような顔を男達はしている。

その様子に私はどんどんと心配になってくる。

大丈夫だろうか。

この人達、放っておいたら普通に死ぬ気がして、私はどうしたものかと山を見上げる。

本当は体力を奪われる前に、山の中腹まで一気に上がっていきたいと思っていたけれど、出だしから悠長な様子の男性達に不安になる。

他の先に登っていった人達は、どうなっているのだろうか。

私はポシェットから双眼鏡を取り出すと、それで山を見上げる。

雨がすごいので、先が見えにくいけれど、どうにか視界に捉えることができた。

先頭の人はさすが慣れているのか、すでにカッパを着用しており、足取りもしっかりしている。

あちらは大丈夫そうだなと思いながら、私は能力がまちまちな男性達の様子に、小さくため息をついた。

「とにかく、忠告はしましたよ」

私はそう言いつつ、全体の様子が見られる位置である山の中腹にいることにする。

男性達は私の忠告を聞いてかそれからすぐに準備をし、後方をついてきている。

気温は一気に下がり、山を登るにつれて気温はさらに下がり続ける。

もう少し登れば採取する入り口である洞窟へと着く。

私が後方を見ると、彼らはどうにかついてきている様子だ。

洞窟へと入ると、私はカッパを脱いでそれを片付けて次の採取の準備を始める。洞窟の中には先頭にいた採取者達もおり、最終的に皆が足並みをそろえるような形になってしまった。

洞窟の内側が広いので狭さは感じないけれど、皆、それぞれに他の者には負けたくないと思っているからか、急ごうとする姿が見られる。

私は装備を確認し、マスクを装着し、手袋をはめ直す。

すると、数名の採取者が我先にと準備もそこそこに歩き始める。

その様子に、私は大きくため息をつくと、はっきりと皆に聞こえるように言った。

「あの、少しよろしいですか」

街に映像を流す為の魔術具があることは分かっていても、言わずにはいられない。

その場にいた採取者達が一度足を止め、私の方へと視線だけを向ける。

話は聞いてくれそうだとほっとしながら口を開く。

「これは時間を競うものではありません。なので、準備はしっかりとしていくべきです。言っておきますが、早ければいいというわけではありません。採取者は確実な方法でしっかりと採取すること。それが最も重要ではないでしょうか」

採取者達は、その言葉に自分のおろそかな装備をハッとした様子で見て、拳を握る。

私に宣戦布告をしてきた男性が一歩前に出ると、私の装備を見て言った。

「……確かに、急ぎすぎていた。それは分かる。だが、俺達はいつも臨機応変にその場その場で対応している……その、シェリー殿は、違うのか？」

私は少しばかり信じられない気持ちになる。

採取する時には下準備が最も大切なことである。

自然は私達に優しくない。何が起こるかは分からない。

だからこそ、最善の状態で最善の策を講じなければならない。

私は師匠に教えられてきたこと一つ一つを、毎回反芻《はんすう》するように思い出す。

ちらりと壁を見つめ、私はしゃがむと洞窟の中にある痕跡を探す。

「蝙蝠《こうもり》などの生き物の糞尿がここには見られません。つまり、ここは彼らの住まいには適さないということ。この奥に有害な何かがある可能性が高い。つまりマスクは必須です」

マスクをしていなかった採取者達が、慌ててそれを荷物から取り出す。

私は風の流れを読み、それと同時に壁を指でこする。

「魔障はないですが、壁に付着している粉は、発火性の特殊魔石が含まれています。素肌で触らない方がいい。手袋は着用した方がいいでしょう。あと、天井を見てください」

見上げればかなり高い天井が広がっている。

「こうした場では、登る必要がある箇所も多くなる可能性があります。また狭くなる可能性もある。故に、ロープなども準備しておく方がいいでしょう」

私はそう言いながら、次を口にする。

「あくまでも私の意見です。ですが、その装備で行くのは……死にたいのかと尋ねたくなります」

はっきりと言うと、男性達は少しばかり顔を歪め、それから自分達の装備を見直していく。

それを見て私はほっとしながら、男性達が装備を整えるのを待った。

一人だけならば、早々に進んでいける。けれど、こんな状態の彼らをこのまま置いていけば一体どうなるのだろうかと心配でたまらなかった。

「なんで……親切にするんだよ」

一人の男性がそう言い、私は首を傾げた。

「別に敵ではありませんし……でも、いらぬお節介であれば無視していただいてかまいませんので」

採取者一人一人、経歴が違う。そうなれば自分なりのやり方もあるだろう。

私が言ったことがいらぬお節介かもしれないことも分かってはいた。

「……お節介だったらすみません」

最終的に自信がなくなって言うと、その場にいた採取者達は、それぞれにため息をつくと姿勢を正した。

「いや、確かにその通りだ」

「嬢ちゃんに教えられたな」

「すまなかった。偏見の目でお嬢ちゃんのことを見ていたよ」

採取者達はそう呟くと、気持ちを入れ替えるように深呼吸をする。

少しばかり緊張感に包まれていた場の空気が変わり、私はほっと胸を撫でおろす。

人間誰かと競う気持ちでいると、どこかしらでミスが出る。

けれど採取者の仕事というものは競うものではない。それを他の採取者達も思い出したのだろう。

急いでいた者達は、しっかりと準備を整え、思い思いに動き始める。

自分のペースが一番。私はそう思い、自分自身もまた準備を整えたのであった。

洞窟の中はかなり広いものの、途中まではほとんど一本道である。

だからこそ、ほとんど皆が一緒に進んでいくような形になる。

ただ、この先奥に入っていけばいくほどに道は分かれていくので、この集団での移動もあと少しだろう。

そう思っていた時のことであった。

天井から、ポタリ。

何か液体が落ちてくる音が聞こえ、私は足を止めた。

「何？　……」

耳を澄ませ、私は天井を見上げた。

ただの雫《しずく》ということもあるけれど、私は音のした方へと足を向け、それから地面を見つめていく。

天井、地面、落ちてきた水滴。

他にも音がしないか確かめていた時、何かがすれるような音が聞こえる。

足を止め、私はその違和感に声をあげた。

「何か、います」

野生の動物が迷い込むこともあるだろうけれど、魔物がいるという可能性もある。

私の言葉に他の採取者達も身構え、辺りを見回していく。

肌がピリピリとする。

私は、通信の魔術具を起動させるとアスラン様へ連絡を取る。

「アスラン様、何か異変があるように思います」

採取とは無理をするものではない。自分の体が第一。だからこそ無茶はしない。

他の採取者達もそれぞれの管理者に連絡を取り、その異変について話をしていく。

引くか、それとも進むか。

その時だった。

大きく洞窟内が揺れ、私達は身を強張らせながら地面に伏せる。そして、最も嫌な予感が的中することになったのであった。

「がるぅぅぅぅぅぅ」

よだれが、べちゃりと地面へと落ちていく音がする。

黒い体から瘴気が立ち上る。狼によく似た魔物が、こちらをドロリと歪んだ瞳で睨みつけてくる。

瘴気に反応して、洞窟内にある魔石がキーンと音を立て、耳鳴りがする。

「……アスラン様。黒い瘴気を纏った、全長四メートルほどの魔物が現れました」

小声で報告しつつ、私は魔術塔の皆が作ってくれた手袋を装着する。

他の採取者達は、魔物を刺激しないように距離を少しずつ取りながら、状況を見守っている。

こういう時、最も大事なことは焦らないことだ。

撤退か続行か、私はこの状況を打破する糸口を見つけようとしながらアスラン様の指示を待ったのであった。

◇◇◇

シェリーからの通信を受けたアスランはそれをすぐに国王へ報告する。

現在映像が乱れてはいるものの、魔物が出現した映像は街の人々も目撃しており、盛り上がっている人と、悲鳴を上げている人とに分かれている。

下手をしたら魔物に採取者が襲われている映像が流れるかもしれない。

それを思ってだろう。国王からの視線を受けてアスランはすぐにベス達に視線を向けた。

三人は急ぎ映像停止をし、アスランの元に駆けてきた。

国王がこの後どうするかと考えていた時、横でロジェルダが呟く。

「あれは普通の魔物ではないな。普通に死ぬぞ」

その言葉に国王は額に手を当てるとため息をついてから言った。

「撤退を命じよ。今回は中止だ」

アスランの手元にある魔術具にだけ、シェリー達が現在どのようになっているのかの映像が映っており、それを見てアスランは言った。

「救助に向かいます」

国王はうなずき、アスランは一足先にと兵を飛び越えると、ポータルの位置まで走る。

それをロジェルダは目で追いながら、声をあげた。

「小童！　あれは普通の魔物ではない！　シェリーにも伝えろ！」

「了解した」

ポータルの前に立つと、アスランはそれに刻んである魔術に上書きするようにペンを走らせる。

座標は、シェリーの元。

シェリーの正確な位置は彼女の持っている魔術具によって把握してある。

それを使ってシェリーの元へと移動をするのだ。

アスランはマントを開くと、そこから大量の魔術具を取り出し、そしてポータルを起動した。

◇◇◇

黒い魔物は、べちゃりという足音を立てゆっくりと鼻を鳴らしながら動く。

それを見つめながら、私はできるだけ音を立てないようにするが、魔物が顔をあげた次の瞬間、一番近くにいた採取者のことを視界に捉えて声をあげた。

「ぎわぁぁぁぁっ」

雄たけびのようなその声に、居場所を悟られたと採取者が動く。魔物はその音で正確な位置を把握したのだろう。

一気に駆け出した。

「伏せて！　モード！　炎！」

私は魔物に向かって炎を放つ。

炎の壁によって、採取者の男性は悲鳴を上げながらどうにか距離を取ることに成功する。

私はできるだけ皆に届くよう大きな声で言った。

「私に注目が集まっています！　皆さん一時退却を！」

その言葉に他の採取者達が反応をし何人かは迅速に避難をしていく。

だけれど、私に宣戦布告をしてきた男性達は足を止める。

「シェリー殿！　言っておくが、俺達は娘っ子一人を残して逃げねぇぞ！」

「男のメンツだってあるんだ！」

「音を出し合って、けん制し合うぞ！」

私はその姿に、苦笑を浮かべたけれど、現実は甘くはない。

「ぎゃぁぁぁぁぁっ！」

魔物が声をあげ、私に向かって走ってくるのが見えた。

どうよけていくことが最適か、そう考えた時だった。

「遅くなった！　シェリー！」

私の目の前に、アスラン様が姿を現し、空中に魔術具が舞う。

まるでスローモーションのように見えた。それは網のように広がり、アスラン様が魔術陣を空中へと展開させた。

そして魔物の悲鳴と共にその体に絡みつく。

「ぴぎゃあぁあぁぁぁぁ」

魔物は魔術陣に捕らわれ、地面にドスンと転がる。

その場にいた採取者達は最初何が起こったのか分からない様子だったけれど、次の瞬間、歓声をあげた。

「うおおおお！」

「す、すっげぇぇっ！」

「なんだ今の!?」

そんな歓声を、アスラン様が一喝した。

「油断するな！　何か来るぞ！」

背中が粟立つような何かが来る。

「……あら。可哀そうに」

「え？」

その場には似つかわしくない雰囲気の声が聞こえ、そして黒い魔物の上へまるで天使のように降り立つその姿に、私は息を呑んだ。

白いスカートをふんわりと揺らし、愛らしい微笑みを湛えたアイリーン。

くすくすと笑いながら、優しい指使いで魔物を撫でると、その体が光に揺れ、黒い瘴気が消えていく。

「可哀そうにねぇ。瘴気まみれだわ」

「アイリーン」

採取者の男性達は声をあげた。

「聖女様だ！　わぁぁ！　なんてお美しいんだ！」

「この魔物を聖なる力で祓いに来てくれたんだ！」

勝手な妄想を広げる者達。私は聖女にそんな力があれば、世界に魔物がこんなにもいるわけがないのだと思った。

聖女は魔物を直接祓うことなどできない。

私はそれを十分に理解しており、アイリーンも理解しているはずだ。

黒い瘴気が消えて見えるのは、ただ、アイリーンの聖力に触れて一瞬薄れているだけのこと。

そして私は、そこに見た。

アイリーンの指から現れた黒い竜のような筋が、魔物に触れた。その瞬間、魔物が苦しみもがくように瘴気をさらに強めた。

「アイリーン……まさか」

アイリーンは人差し指で私に向かって内緒とでも言うような仕草をする。

一体何が起こっているのだろうか。そう私は思い、アイリーンの名前をもう一度呼ぼうとした。

「ねぇ、お姉様。最後にもう一回チャンスをあげる。私の採取者に戻る気は？」

今まで何度も答えてきた。

けれど、アイリーンには伝わっていないのだろう。

私は首を横に振る。

「戻らないわ。私は、もうアイリーンとは一緒にいられない」

はっきりと、決別する言葉を伝える。

すると、アイリーンは冷ややかな瞳で私を見た後に、その周りにいる人達へと視線を向ける。

「ねぇ、本当に良いの？　ふふふ。可哀そうにねぇ。私すっごくイライラしちゃった」

「……アイリーン？」

突然何を言い出すのだろうかと思っていると、アイリーンは魔物の体を再び撫でた。

「ほら、遊んでおいで。楽しんでね」

魔物の体をぽんぽんと叩くと、魔物を拘束していた魔術陣が突然弾けるようにして消えた。

いや、錆びたように見えた。

あれも、堕落した聖女の力なのだろうか。

堕落した聖女の力は、アイリーンの命を蝕《むしば》んでいるのではないだろうかと怖くなり、私は声をあげた。

「アイリーン！　その力は使ってはいけないわ！　ねぇ！」

「……大丈夫よ。聖なる鳥さえ手に入れば、ふふふ。聖なる鳥は聖女に力を譲ってくれるのですって。私が見つけた唯一の道よ。それにあの鳥ってバカで、ずっと運命の番を探しているんですって。私がその番になってあげるの。一緒にいれば相互的に聖力も強くなるらしいし、一石二鳥よねぇ」

その言葉に、背筋がぞわりとした。

「まさかっ！」

笑みは恐ろしく、アイリーンは言った。

「お姉様は気づいたのね。さすが、私のお姉様。ふふふ。鳥のことは、今頃ゼクシオが頑張っている頃かしらねぇ～」

「アイリーン！　もうやめて！」

「シェリー伏せろ！」

私がアスラン様の言葉に従い反射的に伏せた時、アイリーンの体の周りを魔術陣が包み込む。

青白い魔術陣が取り囲むが、アイリーンの手が触れると、錆びが広がるようにして魔術陣が砕け散っていく。

それを見たアスラン様が声をあげた。

「採取者は撤退！　全力で逃げよ！　緊急避難用の魔術具の使用を許可する！」

「だめよ。そんなの。ほーら頑張ってね。皆で仲良く、死なないように。私は聖なる鳥のところに行かなきゃいけないから、じゃあねぇ～」

ひらひらと手を振ったアイリーンは、最後にぞっとするほどの笑みをこちらに向けて消えた。

何かが砕けるような破裂音が響く。一体何がと思うと、採取者達の持っていた緊急用の魔術具がことごとく砕けて地面に落ちる音だった。

「そんな……嘘だろ」

魔物が体を震わせながら起き上がる。

その全身から立ち上る瘴気は、まるで蛇のように形を伸ばした。

「厄介だな……これをこのまま放置するのもまずいが、今は国王陛下が危ない。シェリー！　急いで対処するぞ」

「はい！」

とにかく目の前の魔物をどうにかして、急いで戻らなければならない。

私とアスラン様は走り、魔物を挟むようにして立ち、交互に攻撃を仕掛けていく。

先ほどのアスラン様の魔術具は不意打ちだからこそ効果を発揮した。次に投げつけてもすでに魔物も対応し、すぐによけられてしまう。

しかも先ほどよりも断然動きが速くなっている。

とにかく脚を止めなければならない。そう思っていると、他の採取者達が魔物の脚を止める為に縄を投げつけ始める。

そして、壁伝いに上に登っていた採取者の男性が魔物にしびれ粉玉を投げつけた。

それが当たった瞬間に異臭が広がり、魔物が叫び声をあげる。

「ぎゃわぁぁぁぁぁ」

「はっ！　囮《おとり》になってくれたおかげで、大成功だぞ！」

足元に縄をかけていた男達が縄を引いて魔物を倒す。

私は浄化作用のある特殊薬草を取り出すと、それをアスラン様が空中で魔術として展開させて魔物を包み込む。

すると、魔物の体から瘴気は消え、ピクリとも動かなくなった。

私達はほっと胸を撫でおろし、急いで立ち上がる。

「急いで行かなければ！」

「はい！」

「皆は一時下山を！　私とシェリーは急ぎ城へ戻る」

アスラン様は移動の為の魔術陣を描き始め、私はそれに必要な特殊魔石と特殊薬草を手渡していく。

簡易的な移動装置が出来上がり、それを見た採取者達は驚きの声をあげる。

「嘘だろう……移動装置って、作るのはかなり大変だと聞くが」

「それよりも驚くべきは、シェリー嬢のあのポシェットだろう!?　なんだあれ……魔法のポシェットかよ」

「初めて見る特殊魔石が、ぽんぽん出てきたぞ」

「ありえない……」

アスラン様は他の採取者達に向かって言った。

「これは急ごしらえのもので一度しか使えない。また距離が限定される為、山の麓《ふもと》のポータルに移動し、そこから我々は王城を目指す。他の者は焦らずに退避を頼む」

「皆さんすみません。先に行きます」

そう告げると、皆はうなずく。

私とアスラン様はそれを使って山の下にあるポータルで王城へ移動する。

そして、そこで見た光景に息を呑むことになったのであった。

会場の中心にアイリーンが立ち、そして、その周囲には聖女教の教徒達が輪になるように並んでいる。

アイリーンの横にはゼクシオがおり、恍惚とした表情でアイリーンのことを見つめている。

そしてゼクシオの手には鳥かごがあった。

一体何がどうなっているのだろうかと周囲を見回すと、師匠が国王陛下のことを守るようにして立ち、ベスさん、ミゲルさん、フェンさんが他の貴族達を守るように魔術具を発動させていた。

地面が焼け焦げている跡があり、怪我をしている者もいるようだ。

中には地面に倒れている者もおり、状況が良くないことは確かであった。

「師匠！」

叫ぶと、師匠は私の方をちらりと見てから言った。

「突然その聖女教の男が現れ、こちらに攻撃を仕掛けてきた。鳥を奪われ膠着状態のところにお前の妹が現れたぞ」

簡潔に状況を説明され、私達はうなずき身構える。

「アイリーン様！　アイリーン様こそが真の聖女！　我らが神！　崇めよ！」

その言葉にアイリーンが微笑みを浮かべていると、倒れていた一人の騎士が声をあげた。

「何が神だ！　その女は、悪魔だ！」

次の瞬間、その男性の足に黒い小さな竜が絡みつき、体が錆びていくかのように黒々と染まっていく。

それを見て人々は悲鳴を上げた。

「きゃぁぁ！」

「あれは、あれは何!?」

「あれは、ののの呪いか!?」

それらの悲鳴に動揺して人々は逃げ惑いそうになるけれど、そこで凛とした声が響き渡る。

「静まれ。逃げる必要はない」

叫んだわけではない。

国王は立ち上がると、静かに皆に言った。

「我がローグ王国は、魔術の王国。しかし、信仰を持たぬわけではない。ローグ王国にも神殿はあり、聖女を敬う気持ちはある。だが、聖女は神ではない」

はっきりと告げられた言葉に、ゼクシオとアイリーンの表情が歪む。

「皆、落ち着け。恐ろしいのは恐怖心に呑まれてしまうこと」

国王の言葉に、皆の心が落ち着くのが分かる。私は空気が変わったことに気づく。

アスラン様は微笑みを浮かべると一歩前へと出る。

「我がローグ王国は国王陛下と共に。我らが魔術はローグ王国と共に！」

アイリーンによって黒く染まっていった騎士を他の者が助けに向かい、魔術師達も騎士達と共に前へと立つ。

その瞳は前を見据え、そして騎士達の最前列に、王太子であるジャン様が立った。

「シェリー行くぞ」

「はい！」

私達もその列に加わり、最前列へ出る。

先ほどまで聖女教の雰囲気に呑まれそうになっていた会場は、今ではそんな雰囲気は一切ない。

ゼクシオは舌打ちをすると言った。

「アイリーン様の力を見ただろう。アイリーン様に逆らえば神の怒りを買うぞ！　聖女でありながら、天罰を下す力をアイリーン様は持っているんだ！」

なるほどと思った。

おそらくアイリーンは、堕落した聖女の力を、まるで天罰か何かのように使い、聖女教の者達を黙らせてきたのだろう。

けれど、そこに一つの矛盾を私は感じた。

最初、アイリーンは確かに自分の中にある堕落した聖女の力を、消そうとしているかのようだった。

その力を利用しているのに、その力を失いたいのか。

いや、堕落した聖女の力は命と精神を蝕むもの。そんな力はない方がいいけれど……。

私はハッと、鳥ちゃんを見る。

鳥かごに入れられた鳥ちゃんは、助けを求めるようにピヨピヨと鳴いている。

そんな鳥ちゃんを鳥かごから出すと、アイリーンはその体を優しく撫でた。

「ねぇ、聖なる鳥様。私は聖女アイリーン。貴方と同じ、聖なる力の使い手」

「ピヨ？」

鳥ちゃんが首を傾げると、アイリーンがキスを送る。

すると、聖なる鳥の羽が輝き、聖力が上がっているのが見て取れた。

鳥ちゃんは喜び、アイリーンにすり寄り、子どもの姿へと変わった。

「わぁぁ！　とっても気持ちがいい。君の傍にいるとすごく心地がいいよ」

「そうでしょう？　だって、私と貴方は運命の相手だもの」

「え？　うんめい？　……番ってこと!?」

鳥ちゃんは瞳をキラキラとさせてそう言うと、師匠が叫んだ。

「バカ鳥が！　お前はそうやって毎回毎回女に騙されているのだぞ！　いい加減に分かれ！」

「バカじゃないよ！　ぼくのうんめいの番をさがちているんだもん！」

アイリーンは師匠を睨みつけると、猫撫で声で、鳥ちゃんにすり寄った。

「だから、私の傍にずーっといて？　そしたら、私、ずーっと元気でいられるから」

その言葉で私は理解した。

聖なる鳥と聖女は一緒にいることで相互作用的に能力を向上することができる。アイリーンも自分の聖力を上げ、堕落した聖女の力を抑えつけてうまく使おうとしているのだろう。

だが本当にうまくいくのだろうか。

「君がぼくの運命の番なら、ぼく、ずっと……」

その時、まばゆい光が突然会場を照らし、皆がそちらへと視線を向ける。

「な、何!?」

苛立たしげにアイリーンが呟く。

そこで、鳥ちゃんが動きを止めると、国王陛下の横に設置されていた木箱が眩しいくらいに輝いているのを見た。

「あれ……は。あの光は……」

突然輝きだしたそれに、その周辺にいた人々は驚きの声をあげる。

「な、なんだ？」

「箱が、光っているぞ!?」

近くにいたリエッタ様は木箱を手に取り、そして鳥ちゃんに見えるように差し出した。

「鳥様！」

「その……光は……あれ？　あれ……それは……それは……」

鳥ちゃんが驚いた表情のまま止まっていると、アイリーンが鳥ちゃんの顔を両手で包む。

「鳥様。よそ見しないでくださいませ。私が貴方の番ですよ？」

「え？　えっと……あれ？　くんくん……くちゃ」

「え？」

「おえぇぇぇ。くちゃーい！　この聖力くちゃい!?　くちゃってる！」

吐くような仕草を鳥ちゃんは繰り返すと、鼻をつまみ、アイリーンと距離を取ろうと下がろうとする。

アイリーンはその様子に、鳥ちゃんの腕を掴んだ。

「ねぇ、どこに行くの？　私が貴方の運命の番よ？」

「えぇぇ。えっと、その、えっと……うん。きもちはうれちいよ。ぼく……でも、でもさ。ぼく……そんな聖力がくちゃいちとはじめて、あ、ご、ごめんね！　しぇりー！　しぇりー！　たすけてー！」

臭いのか。

皆がそれを聞いて、動きを止めている。

師匠も噴き出すのをぐっと堪えているのだろう。肩がプルプルと震えている。

アスラン様も同じようにプルプルと震えているから、多分だけれど、二人は笑いのツボが似ているのだろうなとこっそりと思う。

「しぇりー！　たすけて！　このちとくちゃい！　あと、その箱ちょうだい！」

リエッタ様が持っている木箱の光が収まる。

一体何だったのだろうかと思っていると、鳥ちゃんが元の姿に戻るとこちらに向かって飛んで来ようとした。

けれど、その体をアイリーンに鷲摑みにされて止められた。

「どこへ行くの？　ふふふふ。貴方はここにいる運命なのよ」

「ぴ……びびびびびっぴ」

顔を青ざめさせて首をブンブンと横に振る鳥ちゃん。

相当臭いのだろうかとその様子を見ながら私は思ったのであった。

鳥ちゃんがピヨピヨと鳴いている中、ゼクシオが声をあげた。

「あ、アイリーン様。大丈夫です。臭くはありませんから！」

「分かっているわ！　そんなの！　この鳥の鼻がおかしいだけよ！」

「ピヨピヨぴぴぴ」

鳥ちゃんのくちばしがぎりぎりと音を立て始め、アイリーンはそれに苛立ったのか鳥ちゃんの額を指で小突いた。

「はぁ。とにかくこの鳥が手に入ればいいわ。さぁ！　ここからはこの会場にいる人達に聖女教の素晴らしさを伝えてあげましょう！」

「はい。アイリーン様」

ゼクシオが片手をあげた瞬間、聖女教の教徒達がかぶっていたフードを取り、そして足を踏み鳴らす。

その姿は異様であり、見ていた貴族達は顔を強張らせていく。

だが、異様なのは教徒達の雰囲気ではない。

顔だ。

その顔には斑点が浮かびあがっており、何かしらの病気を患っているのが、一目瞭然で分かった。

髪の毛は真っ白に染まり、明らかに顔色も悪い。

「私は、最強の力を手に入れた、真の聖女。この病気をご存じ？　聖女の力をもってしても治すのは困難と言われる患者達よ。彼らは、死ぬしかない運命。でも、私を信じれば、運命は変わる」

聖女教の者達は足を踏み鳴らし、口々に呟く。

「アイリーン様こそ、真の聖女であり、神。我らが神！　我らが神！」

その必死さに、会場はぞっとした雰囲気に包まれる。

私はアスラン様に小声で言った。

「あれは……斑点病。原因不明の病で、聖女でも治すことが不可能と呼ばれているものですよね」

「あぁ。魔術でも、未だ、治療法が見つかっていない」

つまり、治す方法がないということ。

アイリーンにどうやって治療することができるのだろうか。何か治療法を見つけたのだろうかと私が思った時であった。

アイリーンが両手を広げると、聖なる力が広がり、ゼクシオが魔石と薬草をその光に当てる。

するとそれが混ざり合い、いくつもの光り輝く雫が生まれる。

その時だ。

何かが這うような気配を感じて、ゴーグルを付け直すと視線を彷徨わせる。

私は一度覚えた気配や物音には敏感になるのだけれど、それは忘れようもない、アイリーンの堕落した聖女の力。

目にもとまらぬ速さで動くそれを、必死に視界に捉えていくと、それは斑点病の教徒の体を這い回る。そして雫が当たった瞬間に病そのものを口の中に食らい、そしてまた別の教徒の元へと移動をしていく。

そして、全ての教徒の体から斑点が消え失せる。

「奇跡だ」

「アイリーン様万歳！」

「アイリーン様万歳！」

「おおおお！　我らが神よ！」

人々は歓声をあげ、そしてその場にいた貴族達も驚きの声をあげる。

「嘘だろう……治すことができるのか!?」

「……私の親戚の病気も……もしかしたら、治して、もらえる？」

そんな言葉が聞こえ始め、私は声をあげた。

「アイリーンが今、作った薬は、ただの回復薬であり病気を治すようなものではありません。魔石と薬草は使っていても、それらは比較的容易に手に入るもの！　そんなもので斑点病は治りません！」

はっきりとそう告げると、ゼクシオが笑い始めた。

「ははは！　今のを見ていなかったのか!?　見てみよ！　アイリーン様を信じたからこそ、この者達の斑点は消えたのだ！」

堂々と自信をもってそう叫ぶゼクシオ。

私は首を横に振る。

「聖女の力で病が治れば、特殊薬草や特殊魔石はいらないのです！　この世界には苦しむ者が多い！　救いを求めている者が多い！　さぁ！　ローグ王国よ！　我らがアイリーン様を認め、聖女教の教徒となるのです！」

声高らかにゼクシオがそう言うと、アスラン様は静かに首を横に振る。

「信仰心とは強制されるものではない」

ゼクシオは笑う。

「聖女教を信仰しないならば、天罰が訪れますよ！　死にたいのですか？　ふふふ。アイリーン様、天罰をお見せください」

「いいわよ」

次の瞬間、構えていた騎士の一人がうめき声をあげてうずくまる。その顔には斑点が浮かび上がり、悲鳴を上げた。

「うわぁぁぁぁ」

「嘘だろ。斑点病が……」

人々は恐怖に息を呑み、そしてうずくまる騎士を見る。

「うわぁぁ。痛い。痛い。なんだ、なんでなんで……」

そんな騎士にアイリーンが言った。

「私を信じ敬う？　聖女教徒になるなら救ってあげるわ」

騎士はのたうち回りながら何度もうなずく。

「し、信じます。信じます。お願いします。お願いします。助けてください」

「いいわぁ」

アイリーンが聖力を使い、またゼクシオが魔石と薬草を混ぜ、その雫を騎士が浴びる。

すると一瞬で斑点は消え、騎士は驚きの表情で立ち上がった。

……とんだペテンであると私は思った。

けれど、周囲からしてみれば聖女教を信じたからこそ救われたと思うのだろう。

そして天罰によって自分達もまた、病にかかるのではないかという不安が流れていく。

「こ、国王陛下！　このままではここにいる全員が病によって死にます！」

「聖女教徒になるくらいならば、いいのでは!?」

そんなことを言い始める貴族が現れ、国王は杖を地面に打ち付けた。

気迫あるその音に、皆が押し黙る。

「信仰とは自由だ。我がローグ王国を宗教に支配される国にはさせない」

アイリーンは微笑みを浮かべる。

「あら、信じるだけよ？　信じるだけで、命が助かる。まぁ……いいけれど。信仰心のない貴方が死んだあと、私がその王座に座ってあげる」

その言葉に、ジャン殿下が前へと歩み出る。

「国王陛下を怪しい魔女から守るぞ！　いいか、聖女ではない！　あの女はもはや魔女だ！」

魔女。

私の胸はぎゅっとなるほどに痛くなる。

「アイリーン。お願い。お願いよ。……こんなことはやめて」

もう見たくなかった。

妹が堕落した聖女となり、そして魔女と呼ばれるようになるなどという姿は。

けれども、いつだって私の声はアイリーンには届かないのだ。

「私の力が信じられない哀れなお姉様。あぁ可哀そうに。お姉様に天罰が下るわよ。私の言うことを聞かないお姉様なんて……もう、知らないわ」

月が弧を描くような微笑みを浮かべるアイリーンのその瞳は、ぞっとする色をしていた。

私は堕落した聖女の力の恐ろしさをひしひしと感じていた。

魔女とはある意味的確な言葉なのかもしれない。

私のたった一人の妹……。

その黒々と染まってしまった瞳には、光がない。

「アイリーン……」

名前を呼ぶけれど、目の前にいるアイリーンがもう自分の知っているアイリーンではない気がした。

「私が神になるのですってぇ〜。ふふふふふふ！　さようなら」

頭の中で様々な可能性を考えながら、身構える。ぞわりとした気配を感じた瞬間に後ろへと回転しながら飛んでよけ、そして手袋を叩く。

「モード！　氷！」

私は地面に向かって氷の刃を突き立てていく。すると、地面がピシピシと音を立てて凍っていく。

「信じる者は祈りなさい！　信じない者には死を！」

ゼクシオが指示を出し、聖女教の教徒達が一斉にこちらに向かって攻撃を仕掛けてくる。

教徒達は魔術具を構えて聖女に力を注いでもらい作る盾や剣を構えて一気に襲いかかってきた。

「祈りを捧げる者は助ける！　頭《こうべ》を垂れて祈りを捧げよ！」

「あははははは！　私を信じなさい！」

アイリーンは光り輝き、美しく微笑むけれど、私にはぞっとした何かにしか思えなかった。

あれはもう、アイリーンではない。

そんな中、堕落した聖女の力が小さな竜のように地面にうごめく気配を私は視線で追いかけた。

こちらに向かって飛びかかろうとしてきたその気配は感じていた。

だからこそ氷で防いだのだけれど、それは凍ることはなく、地面を這って駆けていく。

「アスラン様！　地面に何かいます！　私はそれを追いかけます！」

「了解！」

アスラン様は全体の指揮をしながら魔術陣を展開させていく。

聖女教の者達の持っている剣や盾は、聖女の力を宿したものであり、それは普通の武器よりも精度が高く、恐ろしく強靱なものだ。

人々が争い戦う中を掻い潜るように全速力で走り抜ける。

「採取者を殺せ！　アイリーン様を否定したあの女を殺せ！」

そんな声が聞こえ、私に向かって刃が振り下ろされる。それをよけながら進んでいるから、なかなか追いつけない。

「「シェリー！」」

ベスさん、フェンさん、ミゲルさんが私の名前を呼び、私に襲いかかってくる人達に向かって次々と何かを投げつけていく。

一体何かと思った瞬間、勢いよく何かが弾ける音がして、悲鳴が上がった。

「ぎゃあぁぁぁ」

「ぐへぇぇぇぇ」

稲妻が走り、投げつけられた人は黒い煙を吐いて倒れた。

それにぎょっとしていると、三人がにやりと笑った。

「作ったはいいけど、使いどころなかったから試していくわよ！」

「ははは！　これも投げてみようぜ！　今ならアスラン様も許してくれるぜ！」

「わーい！　じゃんじゃんいこうぅ～」

三人は楽しそうに手に抱えていた箱から魔術具を取り出すと、教徒達に向かって使用し始めた。

それを見て私は苦笑を浮かべる。

この状況でもすごく楽しそうだ。

「ありがとうございます！」

ひらひらと手をこちらに振りながら、三人は余裕の表情で次々に魔術具を試していく。

ある意味ここでの最強はあの三人かもしれないななんてことを考えながら、私は追いかける。

どうやら教徒達はアイリーンの元へと戻ろうとしているようで、私は戻すかという気持ちで追いかけ、そして氷を放つ。

あまりに気合を入れすぎたからなのだろう。

巨大な氷柱が立ち、そこに本当に小さな黒い竜が閉じ込められている。

私はよしっとガッツポーズをしたのだけれど、突然現れた氷柱に皆が驚く。

「うわぁぁ！　なんだこれ！」

「くそ！　魔術師め！」

「ちょっと待て！　これは我々ではないぞ！」

そんな声が聞こえてきて、私は何とも言えない気持ちになりながら叫んだ。

「アイリーン！　正直に答えなさい！　これは一体何!?」

するとアイリーンは小首を傾げる。

「これって？」

「だからこのっ」

私が氷柱を指さしたその時であった。

「シェリー！」

アスラン様が声をあげ、魔術具をこちらに向かって投げた。

私は、眼前に迫る巨大な口を開けた黒い生き物の瞳と視線が交わり、息が止まりそうになる。

巨大な口が私を呑み込もうとしており、その場が騒然となった。

「なんだ！」

「次から次に一体!?　何がどうなっている!?」

「あの、あの化け物は何!?」

小さい姿の時には黒い竜に見えた。だけれど、それは人よりも大きく巨大化し、ギョロリとした一つ目が私のことを見つめている。

アスラン様の投げた魔術具が壁のような役割を果たしてくれた為に、私は呑み込まれずに済んだけれど、アスラン様がいなければまず間違いなくその口に呑み込まれていただろう。

口の中に歯はなく、暗い闇が広がっているだけだった。

「まぁまぁ！　化け物まで現れたわ！　ふふふ。私を信じないからでは？　ほら、私に頭を垂れて祈りを捧げなさい。そうすれば、助かるわよ」

「アイリーン様こそが神！　このローグ王国がアイリーン様を神として受け入れれば、幸福な未来が待ち構えているのです！　さぁ！　受け入れるのです！」

ゼクシオはそう言い、瞳を輝かせている。

「化け物はアイリーン様を信じないことで、神が遣わしたのでしょう！　さぁ！　信じなさい！」

アスラン様は私の元へとやってくると魔術具を化け物に向かって投げつける。

けれど、ぎりぎりとその口は魔術具を口の中で咀嚼《そしゃく》し、その口からはよだれがだらだらと垂れ落ちていく。

これは一体何なのだろうか。

「シェリー！　すまないが浄化作用のある特殊魔石と特殊薬草を！」

「はい！」

私はポシェットからアスラン様が言った特殊魔石と特殊薬草を数種類出すと、相性の良いものを渡していく。

「魔術式を構築していく！」

アスラン様はそう言って、その場で魔術式を構築していくのだけれど、構築したそれを次々にその化け物が呑み込んでいくのだ。

恐ろしいと感じた。

魔物とは違う生き物だ。

「シェリー！」

私がしり込みしているのが伝わったのだろう。

アスラン様に声をかけられて、私はハッとして自身に気合を入れる。

「先ほど、氷に一度閉じ込めることはできました！　物理的な攻撃の方が有利なのかもしれません！」

「了解した！　シェリー！　手を！　浄化と強化を特化させた魔術式を展開する！」

「はい！」

私はアスラン様の声に、ポシェットから浄化と強化に相性の良い特殊魔石と特殊薬草を取り出す。

それをアスラン様はその場で混ぜ合わせて魔術を構築していく。

私の両手とそれが混ざり合い、光を放つ。

私は拳を開いてから一度握り、それから深呼吸をすると、化け物に向かって攻撃を仕掛けた。

炎と氷との攻撃を交互に打ち付けていく。

アスラン様によって構築された先ほどの魔術は、浄化と強化が加わり威力は倍増している。

けれども、本当に攻撃が効いているのか分からず、私が焦りを覚えた時であった。

化け物の体を緑の蔓が次々と覆い始め、その動きを封じる。

「バカ弟子が。冷静になれ」

「師匠!?」

師匠が私の横に立つ。

どうやら、国王陛下の周りは魔術師達が取り囲み安全を確保したようである。

私はアスラン様と師匠に挟まれ、冷静になるようにと、呼吸を整える。

「堕落した聖女の力か……数百年前に見たのが最後だったかな」

「師匠!? ご存じなのですか!?」

「あぁ。小童。バカ弟子。あれに対して、浄化と強化を使ったのはいい手段だ。だがな、あれとは正攻法で戦うべからずだ」

「なるほど……では、あれの根源を叩いた方が早いと?」

アスラン様の言葉に師匠はにやりと笑みを浮かべる。

「小童。その通りだ。あれは押さえつけても、いずれは全てを焦がし、結局は蘇り暴れまわる。バカ弟子、いいか。お前の妹を叩くぞ」

じっと視線を向けられ、私は唇を噛む。

「師匠は……アイリーンがもう……だめだと、そう判断したのですね」

「……堕落した聖女は、聖女には戻れない」

師匠から習ってきた事実だった。

いざそれが目の前に突き付けられた時、私は呑み込むことができなかった。

さようならと告げても、やはり、アイリーンの全てが嫌いなわけではないから。

けれども、今、この争いの根源はアイリーンであり、止めないわけにはいかない。

幼い頃のアイリーンの姿が脳裏を過るけれど、頭を振る。

「はい。師匠。アスラン様、行きましょう」

「あぁ」

私の背中を、アスラン様がそっと支えてくれる。

顔を見上げれば、アスラン様は言った。

「無理は……しなくていい」

「……大丈夫です」

そう答えて、私は背筋を伸ばした。

次の瞬間、師匠の出した植物の蔓をむしゃむしゃと食べるように化け物は動き始めた。

師匠は苦笑を浮かべると言った。

「厄介だな、本当に。バカ弟子。気合を入れろ。こいつは食い止めておいてやる。妹とけりを付けてこい」

「はい！」

「シェリー行こう！」

私とアスラン様は、戦う人達の中を掻い潜り、アイリーンの元を目指した。

状況的には混戦しているようではあったものの、聖女教徒達は息も絶え絶えな様子である。

それもそうであろう。

こちらはローグ王国の中央地。戦っている人数が違う。

はっきり言ってしまえば、制圧にはさほどの時間はかからないであろう。

けれど、その中央でアイリーンは微笑みを浮かべているのだ。

ゼクシオは焦った様子で言った。

「あ、アイリーン様！　天罰を！　天罰を下してください！」

「そうねぇ、そろそろ、頃合いかしら……」

「え？」

鳥かごの中の鳥ちゃんが、ぎゃぎゃぎゃぎゃぎゃと奇妙な鳴き声をあげる。

アイリーンが手を掲げた瞬間のことであった。

地面から化け物が数体現れ、そして、教徒達を次々に呑み込んでいく。

「ああああああアイリーン様!?　な、何故我が教徒が!?」

「大丈夫。大丈夫。ほーら、見て？」

「え？　あ、あれは」

化け物は教徒達を吐き出すと同時に巨大化する。

彼らは、自分達に何が起こったのか分からない様子であるが、怪我が治っていることに歓声をあげた。

「すごいでしょう？　あの子達」

「アイリーン様……あ、あれは、あれは一体何なのですか？」

ゼクシオが後ろに一歩下がり、アイリーンのことを青ざめた表情で見る。

「え？　あれは、天罰、でしょう？　貴方がそう言ったじゃない」

「え？」

くすくすとアイリーンは楽しそうに笑っている。

私とアスラン様はそんなアイリーンの前に立つと言った。

「もう、やめなさい」

「投降しろ」

ゼクシオは視線を私達に向けて身構えた。

「邪魔をしないでください！」

その言葉に、私は言った。

「こんなことをして、何になるんです。ここからは逃げられませんよ」

ゼクシオは笑みを浮かべる。

「アイリーン様に皆が跪くのだ！　天罰を、天罰を受けたくないだろう！」

だがアスラン様は、冷静に言葉を返した。

「よく見てみろ」

「は？　何を」

「奇跡というものは、何の代償もなく生まれるものではない。本来は聖女も魔術も、特殊魔石や特殊薬草を使って、奇跡に近いことを起こしているだけだ」

アスラン様は化け物を指さした。

「あれは、おそらく、怪我や病を吸い取っている。つまり、先ほど起こした奇跡というもので、あそこに今、蓄積されているということ」

「なな何を言っているんだ！　あれは天罰だぁぁ！」

それにアスラン様は首を横に振る。

「天罰ではない。怪我や病を蓄積し、それを他人に移しているだけだ。仮に天罰というならば、ここにいる者皆を斑点病にすればよかったのだ」

「それはっ！　あ、アイリーン様！　どうか奇跡をお見せください！　天罰をここにいる皆に！」

すがるように、ゼクシオはそう声をあげた。

それに対して、アイリーンは小さくあくびをすると答えた。

「なーんだ。ばれちゃったの？　残念〜」

「え？」

驚いた表情のまま、ゼクシオは固まり、そんな彼を見てアイリーンはケラケラと笑い声をあげた。

「あははは！　面白い顔～。面白そうだったから付き合ってあげただけなのに。私、迫真の演技だったでしょう？　うふふふ」

「え？　え？　あ、アイリーン様？」

「勝手に担ぎ上げて。勝手に神様だって言って。勝手に期待して。私のことを利用して教徒を集めて。ふふふふふ。バカにするんじゃないわよ」

冷ややかな声でアイリーンはそう言う。

「私のことなんて……誰も見てやしない。聖女だから、力があるから、だからだからだから。私なんて、みーんなどうでもいいのよ、本当は」

黒く染まった瞳で、アイリーンはケラケラと笑う。

「ただ、地下から外に出してくれたことと、鳥を手に入れてくれたから、お礼代わりに付き合ってあげただけ～」

ゼクシオは愕然とし、それから顔を真っ赤に染め上げると声を荒らげた。

「アイリーン様！　貴方様は聖女教の神なのです！　まだ自覚がないのならこれから身に着けていけばいいだけのこと！」

「うん。うん。私も最初はそれもいいかって思ったけどね。無理なのよ。やっぱり、嫌なものは嫌だし、それにそもそも無理なのよ」

アイリーンは呟くようにそう言うと、ケラケラとまた笑い声をあげる。そして、その周りに、黒い化け物がまた、現れた。

「だって、止まんないんだもん。この子達、どんどんどんどんどんどん……増えていくの。最初は消したいって思ってたけど、無理」

「な、なんで、だってアイリーン様は、聖女で、この化け物は？」

「私の中の堕落した聖女の力が、やっと小さくなったはずだったのに、どんどん……また、溢れていて……ははは。今は鳥がいるから、聖力を食べさせて防いでいるけれど、気を抜いたら私の命も全部食べられちゃいそう」

乾いた笑い声が響く。

化け物達はうごめき、そして大きく口を開けて、近くにいる人を襲い始めた。

アイリーンはそれを見ながら言った。

「止まらなくなっちゃった。やっぱりだめかぁ。でもね、私は死なないよ。だって、この鳥がいるもん」

「ピヨピヨ〜」

恍惚とした表情でアイリーンは鳥を見つめる。

「この鳥といると、体の中で枯渇していく聖女の力が、また湧き上がってくるの。面白いなぁ。だから、私は死なない。これで一安心」

にっこりとアイリーンは笑う。

私は、アイリーンに向かって口を開こうとして、一度閉じる。

「アイリーン様！　だ、だめです！　聖女教徒の者も襲っています！　やめてください！」

「だからぁ、もう止まんないのよ。でも、私のせいじゃない。だって、貴方がやれって言ったんでしょう？　天罰を下せって。バッカみたい」

「つく……クソが。お前は聖女じゃない！　神じゃない！　偽物め！　死をもって償え！」

ゼクシオはアイリーンの一言で見切りをつけたのか、持っていたナイフをアイリーンに向かって投げた。

「アイリーン！」

私は叫び、アイリーンが危ないと前に出たけれど、次の瞬間、目を見張る。

「っ……ば、化け物が……」

ナイフを化け物がはじき返し、ゼクシオの肩に突き刺さる。

アイリーンは楽しそうにくるくるとその場で回り、そして言った。

「ふふふ。もう知らなーい。さて、私は役目も果たしたし、鳥も手に入れたし、そろそろお暇《いとま》しようかしら。ふふふ。ゼクシオからもらったこのネックレスのおかげで、自由自在に私は逃げられるの。えへへ」

最初からアイリーンは逃げるつもりだったのだろう。

私はアイリーンに向かって言った。

「……逃げてはだめだよ」

「は？」

私の言葉に、アイリーンが笑みを消した。

知らない顔だった。

アイリーンの姿で、アイリーンのように話をして、アイリーンのように振る舞っているけれど、私には分かる。

この子は、もう、アイリーンじゃない。

とうの昔に、堕落した聖女の力に呑み込まれてしまったのかもしれない。

私は、溢れてきた涙を何度も何度もぬぐった。

「アイリーン」

「なぁに？」

「違うわ。貴方はもう、アイリーンじゃないんでしょう？」

目を見開き、そして、口が弧を描く。

「あはははは！　私はアイリーンよ！　アイリーン！　可愛いアイリーン！　美しいアイリーン！

聖女教の神アイリーン！　可哀そうな、アイリーン」

髪の毛の色が、どんどんと黒く染まっていく。

全てが黒く、染めあがる。

「堕落した聖女、アイリーン」

もう私の知っているアイリーンではない。

「さて、じゃあ、皆様さようなら。そろそろ私は、自由を求めて旅立ちますわ。また、どこかでお会いしましょうね」

そう言って、アイリーンが恭しくお辞儀をした。

私と、アスラン様は身構える。

「逃がさないわ」

「あぁ」

私はアイリーンに向かって直接的に攻撃を仕掛ける為に動き、アスラン様がアイリーンの移動を妨げるように魔術式を展開させて、首にかけていたネックレスを弾き飛ばした。

アイリーンはそれに目を丸くして、弾き飛ばされたネックレスへと手を伸ばした。

「なんてことを！」

私はそのネックレスを空中でキャッチすると、ポケットに入れる。

「さぁ、これで逃げられないわ」

そう言うと、アイリーンは声を荒らげた。

「邪魔しないで！　本当に邪魔ね！　生まれてからずっと私の為だけに生きてきたくせに！　金魚のフンみたいにずっとついてきて、それで今更一人で幸せになります？　はは！　あんたなんか、金魚のフンなんだからどこへ行ったたって幸せになんてなれないわ！　素直に私のところに帰ってきていたらまだ良かったのにね！　ご愁傷様！」

アイリーンの顔で、アイリーンのような雰囲気で話をするけれど、私の中のアイリーンとは違う。

不思議なものだと私は思う。

私はもう一度涙をぬぐった。

「ふふふ！　早くそれを返しなさい！　言うことを聞かないなら、この子達に食べられればいい！」

黒い化け物達がうようよとこちらへと集まってくる。それは集まり混ざり合い、大きな黒い化け物へと姿を変えていく。

たくさんの、怪我や病を吸い上げたのだろう。

うねうねと動きながらその体がグラグラとしていた。

「シェリー！　小童！　それはもう弾けるぞ！」

その言葉に、私とアスラン様はうなずき合う。

「このままあれを広げるわけにはいかない！　一時結界を張る！」

特殊魔石と特殊薬草のありったけを私は次々にアスラン様に渡し、それをアスラン様は魔術式に組み込んでいく。

アイリーンは笑い声をあげた。

「あははは！」

アスラン様はアイリーンとその黒い化け物を取り囲むように魔術式を作り、そして結界のようなものを張り上げていく。

それに、アイリーンが首を傾げた。

「は？　何？　ここに閉じ込めようっていうの？　バカねぇ。そんなの、意味ないわ！」

結界が出来上がる寸前、私は駆けだした。

「シェリー！」

アスラン様の声が聞こえたけれど、私はアイリーンに向かって一直線に走り、そして、黒い化け物の攻撃をよけながら、アイリーンの元へと駆け寄る。

私が眼前に来たことで、アイリーンは驚いたのだろう。

目をつむり、衝撃に備える。

私は、そんなアイリーンのおでこを、こつりと指で叩いて言った。

「助けられなくて……ごめん」

「何よ……」

「ねぇ、一緒に行こう？」

まだ助けられるのではないか。

そんな淡い期待が過るけれど、アイリーンが私に隠し持っていたナイフで襲いかかってきて、私はそれをよけた。

そしてぐっと唇を噛み、アイリーンの手に捕らわれていた鳥ちゃんを助け出すと、私は勢い良くジャンプした。

「あ、わ、私の鳥が！」

距離を取り、また駆けだそうとした時、近くにいたゼクシオが私の腕を掴み、ネックレスを奪い取った。

「これが……あれば、やり直せる！」

ゼクシオは私を突き飛ばしてアイリーンの元へと駆けた。

肩から大量の血が流れており、ナイフは刺さったままである。

私は体勢を立て直すと振り返らず、アスラン様の元へと走った。その時、魔術式は完成し、結界が出来上がる。

師匠の操る植物によって結界内にいた人々は外へと弾き出される。

師匠はゼクシオとアイリーンの元にも植物を向けたようだが、二人はそれを拒否した。

「偽聖女！　力を貸せ！　移動をするぞ！」

「嫌よ！　誰が貴方なんかと。もう、貴方にはしっかりと礼は返したわ！　私はこの子達を使って逃げるから……え？　なんで、こっちに来るの？」

黒い化け物達が、アイリーンの元へとグラグラと揺れながら戻っていく。

そして、アイリーンの体の中へと戻ろうと、ぐにゃぐにゃとうごめき始めたのだ。

「こ、来ないで！　来ないでよ！」

「に、逃げるぞ！　ほら！　これで！」

次の瞬間、結界内が黒い何かで埋め尽くされ、そして悲鳴が聞こえた。

胸が締め付けられる。

アイリーンを助けたい。けれど、どうやって。

答えが出ずに、私は呆然とその場に立ち尽くす。

何もできない。

そう思い、うつむきそうになった時、肩をアスラン様に叩かれる。

「……シェリー。必要な素材を採取してきてほしい。早急に中の者達を助けるぞ」

「アスラン様……？　ですが、どうやって……」

結界内は黒々としている。

すると師匠がため息をついた。

「仕方ない。協力してやる」

その様子を見ていた国王陛下が立ち上がり声をあげる。

「他の採取者達にも伝令せよ！　採取者、魔術師達は総動員でこの結界の処理に当たれ」

その声に、騒然としていた人々が動き始めた。

その光景を私は見つめながらぐっと唇を噛む。

協力してくれるのは採取者や魔術師ばかりではない。

その場にいた貴族達も動き、倒れている者を助け、騎士達を手伝い行動していく。

一人ではない。

私は両頬を叩いて気合を入れ直した。

今回集められた採取者達全員に声がかけられ、私達は総力をあげて特殊魔石と特殊薬草の採取へと向かうことになったのであった。

それぞれに集める特殊魔石と特殊薬草が割り振られていき、私が採りに走るのは、蛋白石特殊魔石、奇《く》しくも今回の採取物となった。

国民への中継については、魔物が出た為、一時ストップしたことが伝えられていた。

そして再開するにあたり、採取者の仕事について理解を深めてほしいという趣旨を伝え、様々な採取の様子について放送されることになったのだ。

採取者達は、それぞれが準備をし直し、万全の状態でポータルに立つ。

そこには、先ほどの男性達もいた。

「さっきは、助かった。ありがとう」

「こちらこそ、助けられました。ありがとうございます」

私達は握手を交わす。

それぞれが今、自分がやるべきことをやらなければならない。

採取場所へと次々とポータルを通して移動していく。

私は深呼吸を何度も繰り返し、そして、ポータルで移動した瞬間、駆けだした。

人がいないので自分のペースで行くことができる。

さぁ、私のやるべきことをやろう。

足場に注意しながら、斜面を走り抜ける。

先程は通らなかったけれど、近道となる走りにくい道を進む。

途中ゴーグルを付け直し、岩場の危ない箇所は肩にかけたロープをうまく使いながら進んでいく。

最短距離はどこか、視界に捉えながら進み、洞窟に入った後は荷物を下ろし、一度状況の確認をしてから進んでいく。

暗い中、私は目を凝らし、灯りは最小限に。

物音一つ、空気の流れ一つに留意しながら洞窟を抜けると、開けた先に泉が見える。

その泉は明るく輝いており、私はゴーグルを水中用へと替えて、防水機能付きの洋服のチャックを首元まであげる。それから、息を思い切り吸い込んで水中へと飛び込んだ。

泉の中は、発光する水中苔のおかげでかなり明るい。

その分、巨大な魚や生き物が明確に見える。

私はそれらをよけながら進み、そして細穴を抜けて、泉を出た。

そこからまた岩山を登っていく。

途中、巨大な魔物がいたのでそうしたものを掻い潜りながら、私は目的の蛋白石特殊魔石を洞窟の最深部で見つけ、採取を完了する。

「これより帰ります」

その連絡をし、私は急いで、来た道を戻り始めたのであった。

◇◇◇

シェリーの、恐ろしいほど速い採取の光景は、他の採取者や国民に衝撃を与えた。

普通ならば通れないであろうという場所を、シェリーはいとも容易く通っていくのだ。

しかも動きに無駄がなく、装備品の替えも異様に速い。

的確にその場その場を判断しながら進む、その身体能力もさることながら、恐ろしいまでの洞察力と行動力に、皆が息を呑む。

採取者。

その仕事はまだまだ知られていないことが多い。

だからこそ、この日、シェリーは皆に衝撃を与えた。

「おいおいおい。こんなの流していいのかよ」

「これが採取者の普通だと思われたら……大変だぞ」

「楽そうに見える……やめてくれよ。あの山、標高何メートルあると思っているんだよ！」

息一つ乱れないシェリー。

その様子が放送されたことは伝説となり、天才採取者シェリーの名前が轟くことになるなど、採取に夢中なシェリーは知る由もないのであった。

◇◇◇

堕落した聖女の力を浄化する為に集められた様々な特殊魔石と特殊薬草。

師匠の協力もあったからこそ、それら全てが異常な速さで集められた。

アスラン様は、それらを魔術師の総力をあげて調合し、魔術式を仕上げにかかる。

ロバート公爵家に保管されていた資料の中には、堕落した聖女についても書いてあり、その資料と師匠の知識をもって最終確認を行う。最後に私が採取してきた蛋白石特殊魔石を魔術式に調合していく。

「さて、最後に必要になるのが、聖力だ」

現時点で、この場に聖女はいない。

アスラン様は、私の肩にちょこんと止まっている鳥ちゃんに向かって言った。

「強力な聖力を持つ、聖なる鳥よ、どうかその力を貸してほしい」

鳥ちゃんにとっては、今目の前で起こっていることは関係ない。

こちらの願いを聞く理由はない。

鳥ちゃんは私の肩から飛び立つと、それからボフンと男の子の姿になり首を傾げて言った。

「しぇりーも、そうしてほしいの？」

私はうなずく。

「……力を貸してほしいの」

私の言葉に鳥ちゃんは笑顔でうなずく。

「しぇりーのお願いならきいてあげる。今の聖力をすべて使えば、大きい姿にもなれると思う」

「ありがとう」

「いいよ！　ぼく、しぇりーのこと大好きだから。ふふふ。あとね、ぼく、ちょっとだけ思い出してきたんだ。だから、力をかすまえにこの箱、あけるね」

鳥ちゃんは、リエッタ様が持ってきた聖女の箱にちゅっと口づけを落とす。

「リリア。思い出したよ」

そう鳥ちゃんが呟いた瞬間、箱が光り輝きながら開く。

私達がその光景をじっと見つめていると、鳥ちゃんの目の前に美しい金色に輝く少女が現れ、鳥ちゃんのことをぎゅっと抱きしめた。

栗色の髪とシェリーとよく似た瞳の色をしている少女であった。

突然のことに私達が驚いていると、少女が口を開く。

『愛しているわ。ずっと。光になって、貴方と共にいさせて』

少女のことを鳥ちゃんは見て、それから嬉しそうに目を細めると、光る少女にちゅっとキスを送ってうなずいた。

「ふふふ。あぁ、ぼくはしあわせものだなぁ。もう、番を探さなくていいんだね」

『ええ。私が貴方の永遠の番』

「あぁ……そっか。そっかぁ。愛してるよ」

『私も、愛しているわ』

少女が微笑むと、鳥ちゃんは光に包まれる。

次の瞬間、そこには美しい金色の髪の青年が立っていた。

白い衣装に身を包むその青年は、大きく背伸びをすると振り返り、にっとさわやかに笑う。

「お待たせ。シェリー。今なら何でもできそうだ」

私が驚いていると、師匠がため息をつきながら一歩前へと出た。

「バカ鳥。やっと思い出したのか」

「やぁ。ロジェルダ。久しいな」

「お前が子どもの姿になっている時に会っているが？」

「ははは。記憶が曖昧でね。でも、ちゃんとシェリーのことは覚えているよ。リリアによく似た、真っすぐで優しい君が僕は大好きさ」

ウィンクしながらそう言われ、小さな時の鳥ちゃんとの違いに私が驚いていると、鳥ちゃんは私の方へと歩み寄ると言った。

「ふふふ。僕は君の鳥ちゃんさ。これからもずっとね」

「と、鳥ちゃん？　本当に？」

「あぁ。シェリー。この首輪外してくれる？」

「あ、はい」

「ははは。緊張しないで。どうせ力を使ったら僕、子どもに戻るから。そしたらまた可愛がってね？」

「え……えっと」

私が戸惑っていると、アスラン様の視線に気づいたのか、鳥ちゃんがアスラン様の方を見てにっこりと笑う。

「ははは。僕、もうリリアっていう番が見つかったから。シェリーのことは取らないよ？」

「もとより奪われるつもりはない」

アスラン様がそう言い、鳥ちゃんは肩をすくめて私の前にしゃがむ。

私は少し緊張しながら鳥ちゃんの首輪を取る。

「はぁぁ。やっぱり力を抑えられているっていうのは気持ちが悪いね。あー。すがすがしいなぁ」

鳥ちゃんは両手を広げ、そして言った。

「さぁ、シェリー。頑張ろうか」

鳥ちゃんの姿が巨大な鳥となり、私のことをひょいと背中に乗せた。

「と、鳥ちゃん!?」

『飛ぼう！』

「え？」

不思議と、脳内に言葉が響いて聞こえてきた。

私はアスラン様から、魔術式を組み込んで作られた虹色の玉を受け取った。

この玉一つ作るのに、大量の特殊魔石と特殊薬草が使用されている。虹色の玉の周りには魔術式がぐるぐると回転している。

それはとても重たく感じた。

「シェリー頼む」

「はい。アスラン様」

私は鳥ちゃんと共に空へと飛びあがり、そして、結界の上を飛ぶ。

上から見ても中は真っ黒で、何も見えない。

『シェリー。行くよ』

鳥ちゃんの体が温かな聖力で包まれる。それと同時に、私の手のひらにあった虹色の玉が淡く光り、美しい虹が生まれる。

「綺麗」

虹は少しずつ広がっていく。

最初は私の体を包み込み、その温かさに私は驚いた。

「温かい」

『聖力が込められているからね。空へ玉を投げて』

「はい！」

私は空へと玉を投げた。

空に玉が浮かび、虹が円形状にゆっくりと広がっていくのが見える。

鳥ちゃんはその周辺をぐるりと飛び、旋回を続ける。

『さぁ、聖力を込めていくよ』

鳥ちゃんが旋回すると、結界の周りに虹が広がっていく。そして、輝きが増すと同時にゆっくりと黒い結界内へと落ちていく。

地上からは、人々の声が響いて聞こえた。

「わぁぁ！　すごい。あの、光……」

「なんて温かな光かしら」

「綺麗……」

虹色に輝きながら、ゆっくりと黒い結界内へと落ちた瞬間、虹が広がり風が吹き抜ける。

強風に目をつむり、開いた時、虹色に輝く霧雨が空から降り注ぐ。

黒く染まっていた結界内が光で包まれ、それから弾けるように、黒いものが全て消え去っていく。

空気が澄んでいくのが分かる。

私と鳥ちゃんは地面へと降り立った。

結界自体は残っているものの、先ほどまであったものは消えていた。

黒かった時には見えなかったけれど、その中央に横たわる人影があった。

「アイリーン……ゼクシオ」

「シェリー。結界を解くぞ」

騎士と魔術師達が周辺を固めており、何があっても対処できる状態で結界が解かれる。

私はアイリーンに向かって走り、そして膝をつくと抱き起こす。

「アイリーン……」

名前を呼ぶけれどアイリーンは眠っているように瞳を閉じたまま。

微かに息はある。だけど揺らしても反応しない。

髪の色は黒く変わってしまった。眠る姿は幼い頃のアイリーンを彷彿とさせ、私はぎゅっとその体を抱きしめた。

温かいのに、とても冷たく感じた。

もうここにはアイリーンの魂はないような、そんな恐ろしい予感が私の中にはあり、胸が苦しくてたまらない。

「アイリーン……」

返事はない。涙がとめどなく溢れた。

その後安全が確かめられたのちに救護班が来て、ゼクシオの怪我の治療がまずその場で行われた。

私は後ろに下がり、アスラン様に抱きしめられながら涙が止められない。

「すみません……」

「大丈夫だ。泣いてもいい」

「……はい」

アイリーンとゼクシオの二人は共に息はしているものの、目覚める気配はない。

また、全身に斑点病の発症が確認された。

今後二人は裁判にかけられるらしいが、実刑は免れないだろうと私も覚悟はしている。

二人は騎士に伴われて牢へと運ばれていく。また、他の教徒達も同様に捕らえられた。

鳥ちゃんは子どもの姿に戻ると、テトテトと私のところに来て足にぎゅっと抱きついた。

「しぇりー。泣かないで」

「鳥ちゃん……鳥ちゃん。ありがとう」

私がしゃがんでそう言うと、鳥ちゃんは首を横に振る。

「いいよ。ぼく、また力なくなっちゃったけど……しぇりーのそばにいてもいい？」

「もちろん！　ふふふ。一緒にいよう」

「うん！　ありがとうしぇりー」

ぎゅっと抱きついてくる鳥ちゃんを私が抱きしめようとすると、アスラン様が鳥ちゃんを抱き上げた。

「えー。なんでぎゅーさせてくれないの？」

「今は子どもだが、お前は一人前の男だろう？」

アスラン様が言うと、鳥ちゃんは唇を尖らせる。

「しっとぶかい男はきらわれるって、ろじぇるだがいってたよ」

その言葉にアスラン様は眉間にしわを寄せる。

二人のやり取りに、私はふっと笑う。

「シェリー。大丈夫か？」

師匠が私の横に立つ。

「大丈夫です……多分」

「そうか」

運ばれていく二人を私が見つめていると、アスラン様が鳥ちゃんを下ろし、私の手を握った。

「傍にいる」

「……はい」

アスラン様がいてくれて良かった。そう思っていると、横から師匠が言った。

「おい。少し慣れ慣れしすぎないか」

そうだろうかと私が言おうとすると、アスラン様が私の手を引き、抱きしめてきた。

「あ、アスラン様？」

「恋人だからこのくらいは普通だ」

「ひゃ……そ、そうですよね……」

師匠は私達の姿に眉間にしわを寄せたのちに呟いた。

「……小童。結婚はまだ認めていないからな」

「ははっ。では認めてもらえるように頑張るとしよう」

師匠の言葉にむずがゆくなるし、アスラン様の言葉にドキドキしてしまう。

すると、鳥ちゃんが私の足に抱きつきながら言った。

「しぇりー！　ぼくもしぇりーだいすき。ずっといっしょにいるよ」

その言葉に、師匠が尋ねる。

「お前……番はもういいんだろう？」

「うん！　番はリリアがいるから！　でもしぇりーはだいすきだから！　ずっと一緒にいる！」

「……お前なぁ……」

そのやり取りに笑い声をたてる。

大丈夫。

私は顔をあげ、今自分の周りにいてくれる人達と一緒にいられることに感謝したのであった。

エピローグ

「採取者シェリー。前へ」

「はい」

名前が呼ばれ、広いホールで貴族や魔術師に見守られる中、私は国王陛下の前へと進み出る。

王国のエンブレムの入った採取者としての正装衣装が支給され、私はそれを着用して今回の式に参加している。

今回の一件で、私は魔術師長アスラン様の筆頭採取者という名称と地位を国王陛下より賜《たまわ》ることとなった。

「採取者として、見事その力を示した。これよりローグ王国の採取者として、励むように」

「はい。力の限り尽力してまいります」

拍手が起こり、私は皆の前で一礼をする。

まるで夢のような光景であった。

このような煌びやかな場に立てるなど、昨年の自分は思ってもみなかった。

私が下がると、アスラン様が横に立つ。

アスラン様や他の魔術師達に囲まれ、私が笑顔を向けると皆が温かく迎えてくれる。

最近では別の階にいる魔術師達とも仲良くなってきている。

「シェリー。おめでとう」

小声でアスラン様にそう言われ、私は誇らしくなり笑顔でうなずき返す。

その時、鳥ちゃんがピヨピヨと鳴きながら会場内を飛び回る。

「聖なる鳥様だ！」

「まぁ！　お美しい」

鳥ちゃんは国王陛下の前へと降り立ち、子どもの姿に変わる。

国王陛下は鳥ちゃんの胸に、美しい金色のバッチを付ける。

「聖なる鳥様、王国の危機を救ってくださりありがとうございます」

すると、鳥ちゃんは顎を突き出して腰に手を当てて笑顔でうなずいた。

「えっへん！　ぼく、がんばった！　だいすきなしぇりーのために、がんばった！」

鳥ちゃんはテトテトと私のところまで駆けてくると、ぎゅっと私に抱きついた。

会場内に、可愛いという声が響き、温かな視線が鳥ちゃんに向けられる。

国王陛下も目じりを下げ、ほっほっほと、どこぞのおじいちゃんのような優しい瞳で鳥ちゃんを見つめている。

今回の式では、鳥ちゃんについての資料などをしっかりと管理し、歴代で引き継いできたロバート家も褒賞された。

ロバート公爵は聖女の意思を引き継いでこられたことを誇りに思うと語り、鳥ちゃんは聖女であるリリア様のことだけはしっかりと覚えているようで、その美しさや賢さなどを皆に話して聞かせていた。

式が終わり、リエッタ様が私の方へとやってきた。

「シェリー様。今日はお疲れ様でございました」

「リエッタ様。今回はロバート公爵家の功績が大きかったですね」

「……ありがとうございます」

「え？」

私が首を傾げると、リエッタ様は微笑みを浮かべて、私の手を取る。

「シェリー様のおかげで、鳥様に出会えました。ありがとうございます」

その言葉に、私は、リエッタ様のことを真っすぐに見て、それから少しうつむく。

「……いえ、でも、その……」

「シェリー様？」

「……でも、私、本当は、やきもち焼いていたんです。リエッタ様はお美しいから……」

「え？　……まぁまぁまぁ！」

「え？」

「うふふ。シェリー様って可愛らしい方ね。最初の頃は本当にごめんなさい。私も焦っていたのだと思います。でも、はっきり申し上げますわね。私の理想は冷たい瞳の方。なので、アスラン様ではございませんでしたわ。ですから安心してくださいませ」

「……リエッタ様……」

「そして最近はロジェルダ様が素敵だなぁと思いますの」

「……え」

「でも、シェリー様に対してはお優しいみたいだし、うーん、やっぱり違うかしら」

「やめましょう。師匠は、絶対にやめましょう」

「まぁ！　やきもちかしら？」

「違います！」

「うふふふふ」

「違いますよ！」

リエッタ様はちょっと不思議な方だけれど、素敵だなと思う。

こうして、式は無事に終わり、私はほっと胸を撫でおろしたのであった。

ちなみに、ローグ王国では、採取者の仕事内容を放送してから貴族を含め皆の印象が好転した。

アイリーンの部分だけは放送されず、私の採取したところと、聖なる鳥と一緒に飛んでいるところだけが放送されたようだ。

街を歩いていると、私はたくさんの人に声をかけられた。

「シェリー様！　この前のすごかったです！」

「また放送してくれないかしら！　これ！　お菓子持っていって！」

「シェリー様、人間業とは思えなかったですよ！　これ！　よければパン持っていってください！」

「あ、ありがとうございます！」

私はなんだかローグ王国の国民として認められたようで嬉しく思えた。

少しずつだけれど、私もこの国の為に役に立てている。そんな気がした。

国王陛下や他の貴族の方々、また他の採取者からも実力が認められ、アスラン様の専属採取者としての地位を確立させてもらうことができたことは私の自信に繋がった。

今回の事件によりローグ王国では聖女教について規制がかけられた。そして、今回の件で聖女教の教徒のほとんどが牢屋へと入れられている。

主犯であるゼクシオとアイリーンも牢に入れられているが、未だ目覚めることはない。

アイリーンへは何度か面会に行った。

眠っている姿は、ここ数年で一番、穏やかな表情をしているように思えた。

アスラン様の屋敷に帰った私を出迎えたのは、庭でお茶をするアスラン様と師匠、鳥ちゃんの三人であった。

師匠とアスラン様は気が合うようで、よく私が知らない他国の話もしている姿が見られた。

私とアスラン様のことについては、恋人とは認めてはくれているようだけれど、結婚はまだ認めないなんてことをよく口にしている。

「ただいまですー！」

私がそう声をかけると、三人は顔をあげて手招いてくれる。

なんだか、すでに鳥ちゃんも師匠もこの屋敷に慣れすぎではないだろうか。

「しぇりー。おかえり～」

鳥ちゃんも大人の姿で会った時の記憶はあまりないようで、たまに難しいことも呟くけれど、ほとんどは普通の子どものようだ。

なので私も、子どもと思って接しているのだけれど、アスラン様からはあまり引っ付きすぎないようにと前に言われた。

やきもちかなと思うと、アスラン様が可愛くてしょうがない。

「ただいま」

抱きついてきた鳥ちゃんの頭を撫でていると、アスラン様がさっと鳥ちゃんを抱き上げる。

「シェリーお疲れ様」

アスラン様の言葉に、私はうなずく。

最近鳥ちゃんはアスラン様にもよく懐くようになって、私と引き離されて文句は言うものの、アスラン様も一緒に遊んでくれるので、まんざらでもない様子だ。

「妹はどうだった？」

師匠の言葉に私は答える。

「変化はあまりないみたいです。どうなるのか……まだ分かりませんね。あの師匠」

「なんだ？」

「師匠が一箇所に留まるの珍しいですけれど、もしもうしばらくこの国にいられるなら、その間一緒にまた採取に行きたいのですが、どうですか？」

師匠からまだまだ学びたい。そう思い尋ねると師匠はうなずいた。

「あぁ。しばらくは、この国に滞在しようと考えている。その間ならばいいぞ」

「わぁ！　ありがとうございます！」

「しぇりー！　ぼくもいっちょにいくー！」

鳥ちゃんも手をあげ、私は苦笑を浮かべた。

「いや、鳥ちゃんは小っちゃいから」

そう伝えると、鳥ちゃんがほっぺたを膨らませた。

「むぅう。ぼく、ろじぇるだと同じくらいおっきいよ！」

その言葉にアスラン様がほっぺたをつついて言った。

「そうであるなら、シェリーに抱きつくのもやめさせないといけないな」

「あ、ぼくこどもだった」

私達はその言葉にくすくすと笑う。

他愛ないおしゃべりがとても楽しい。

私も前を見て未来へと歩んで行かなければならない。

傍にいてくれる人達がいるから大丈夫だと、そう思えた時であった。

魔術塔の方から爆発音が聞こえ、煙が立ち上るのが見えた。

「……あいつら……」

アスラン様が顔をひきつらせ、師匠が笑い声をあげた。

鳥ちゃんはピヨピヨと楽しそうで、アスラン様が眉間にしわを寄せている。

「すまないが、少し懲らしめに行ってくる」

「あ、私も片付け手伝いに行きます！」

師匠はツボに入ったのかケラケラと笑い、鳥ちゃんは一足先にとばかりに元の姿に戻ると飛んでいってしまった。

そんな日常が、私はとてつもなく幸福で幸せなことだなぁと感じたのであった。

おしまい

番外編

番外編

マスターのお店で記念日

マスターが以前声をかけてくれた記念日について、アスラン様から当日を楽しみにしていてほしい、しばらく秘密だと言われた。

私は私で、せっかくの記念日だからと思い、アスラン様にプレゼントを模索している。

ローグ王国で働き始めてから、給金が以前の十倍くらいになり貯蓄もかなりできた。

これで良い品を買えるとも思ったのだけれど、アスラン様の気に入るものをと考えて、購入品ではない方がいいのかとも思う。

休日、私は王城の庭にて、一体何ならアスラン様は喜んでくれるだろうかと考えていた。

部屋にいても良い案が思いつかないと思い、外に出たのだけれど、映像が流れた一件もあって、他の貴族の方からちらちらちらと視線を感じる。

「何にしようかなぁ」

そう呟いて空を見上げると、不意に陰り、声がかかる。

「シェリー嬢。どうしたんだい？」

「あ」

私は慌てて立ち上がると姿勢を正して挨拶をする。

「ローグ王国第一王子、王太子殿下にご挨拶申し上げます」

そこにいたジャン王太子殿下は、苦笑を浮かべると言った。

「かしこまらなくて大丈夫さ。ジャンと気軽に呼んでほしいな」

「……いえ、そのような不敬なことは」

「王太子の言うことが聞けないのかな？」

「あ……えっと、はい。ではジャン王太子殿下」

「ふっ。まぁいいか。それで、何を悩んでいるの？」

ジャン王太子殿下は私にベンチに座るように促し、自身もその横に腰かけた。

私は良いのだろうかと思いながらも、口を開いた。

「あの、その、アスラン様にプレゼントを考えているのですが、なかなか良い案が思い浮かばなくて」

「あぁ」

そう言うと、ジャン王太子殿下は含みのあるにやにやとした笑みを浮かべる。

「アスラン、気合入っているみたいだね」

「え？　もしかして……ご存じで？」

「もちろん。浮かれているからね」

「……」

私はなんだか恥ずかしくなってうつむくと、ジャン王太子殿下は空を見上げながら呟く。

「実はさ、結構嬉しい」

「え？」

「……アスランには幸せになってほしいから」

それからぱっと私の方を見ると、ジャン王太子殿下はにっと笑う。

「シェリー嬢になら、何をもらっても嬉しいさ。むしろシェリー嬢にリボンをつけて、私がプレゼントよ、うふふ、なんてこともありだ」

「なっ!?」

私が顔を真っ赤にして立ち上がった時であった。

「何をしているんだ？」

後ろからかかった声に振り返ると、アスラン様がむっとした様子で私とジャン王太子殿下の間に割って入った。

それに王太子殿下は笑い声をあげる。

「やーきーもーちか？」

からかうような口調に、アスラン様は至極真っ当な顔でうなずいた。

「もちろんだ。自分の恋人が友人であろうと別の男と話しているとやきもちを焼くものだろう」

「え……」

「わぁお～。ひゅー。愛されているなぁ」

顔が熱い。

こんなにもはっきりと表現されるなんてこと、初めてで、どうにも感情の整理がつかない。

「あ、アスラン様」

顔を真っ赤にしてアスラン様にそう言うと、アスラン様が私の頭を優しく撫でる。

「まぁ、愛しているからな」

さらりとそう言われ、私は顔から火が噴き出そうであった。

その姿を見てジャン王太子殿下は立ち上がって、ひらひらと手を振った。

「仲良きことは良いことさ。シェリー嬢。さっきも言ったけど何でもいいのさ。ではな～」

王太子殿下が立ち去っていき、私は一礼をする。

アスラン様は首を傾げ、私の方を見ると言った。

「二人きりでどうしたのだ？」

「ふ、二人きりじゃないです！　た、たまたまお会いしただけですよ？」

「そうか。私もたまたま通りかかってよかった」

私は噴き出した。

それからそっとアスラン様の手を握る。

「ふふふ。私、あの、その、愛されてますか？」

小声で尋ねると、アスラン様が少し前かがみになって私の耳元で囁く。

「愛している」

美丈夫の耳元での囁き。

私は意識がふっと飛びそうになるのをぐっと堪えた。

アスラン様は私のその様子に満足そうに微笑む。

最近手玉に取られているような気がするのは、気のせいではないだろう。

「それで？　何の話だったんだ？」

「なーいーしょです」

「……プレゼントについてか？」

「あ！　なんで分かったんですか！」

「ははははっ」

結局私はプレゼントを思いつかなくて、仕方なくその日のうちに山の上に登り、アスラン様が以前欲しいと呟いていた特殊魔石を採取した。

結局これが一番喜んでくれそうだなと思い、珍しい特殊魔石と特殊薬草をセットにしたのだった。

そしてマスターのお店での二人の記念日。

なんと貸し切りでお祝いをしていたのだけれど、途中からベスさんとミゲルさんとフェンさん、それにジャン王太子殿下に魔術塔の他の魔術師達までなだれ込むようにやってきて大騒ぎであった。

アスラン様からは可愛らしいピアスをもらい、私は特殊魔石と特殊薬草のセットを渡した。するとそれからは魔術師達まで皆盛り上がった。

賑やかで、皆が私とアスラン様のこれからの幸せを祝ってくれる。

恥ずかしいけれどなんだか嬉しい。

「まぁまぁ。やぼな人ばかりね。でもまぁ、貴方達はこれでいいのかもね」

マスターにそうウィンクしながら告げられ、私は笑顔でうなずいた。

「アスラン様、ありがとうございます」

「シェリーこちらこそありがとう。それと……結局すまないな。大所帯になってしまった」

「ふふふ。いいんです」

「あー……今度二人で出かけるか」

「あ、いいですね！」

私達は笑い合い、手を握り合った。

甘い雰囲気ではないけれど、たくさんの人に囲まれてとても幸せだと思えた。

「家族みたい」

そう呟くと、アスラン様が笑う。

「そうだな」

ただし、次の瞬間その場が騒然となる。

「ぴ――――――よぉぉぉぉぉぉ」

大きな鳴き声が響き渡り、私達が慌てて外へと出ると、鳥ちゃんがすごい勢いで私の元まで飛んできてボフンと子どもの姿に変身して声をあげた。

「ぼくだけ！　おいてけぼり！　ずるい！」

「ご、ごめんね！」

鳥ちゃんは位置把握の首輪はつけられているものの、今は自由に行きたい場所に行けるように配慮されている。これは師匠がローグ王国側に提案したものであった。

「私も祝いに来てやったぞ」

その師匠もやってきたのだけれど、マスターと師匠はなんと顔なじみであり、マスターも嬉しそうであった。

「あら久しぶり！　うふふ。私も今日は飲んじゃおうかしら〜」

「飲みましょう！」

「じゃあ皆でカンパーイ！」

「「「「かんぱーい！」」」」

結局全員集合になった。

「賑やかですねぇ」

そう言うと、アスラン様はため息をついた。

二人きりも良いけれど、この賑やかさも最高だなぁと私はそう思ったのであった。

おしまい

番外編　湖畔で優雅に……？

デート。

それは恋人との甘い時間。

ローグ王国の南に位置するトロット湖は、涼やかな気候が人気のスポットであり、暑い季節などは貴族の避暑地として賑わう場所である。

ただし、今はそんなシーズンとは少しずれている、涼やかというよりも肌寒いトロット湖。

人気のシーズンには湖にボートが浮かんで賑やかだというのに、現在は一艘のみ。

「静かですねぇ」

私がそう呟くと、ボートの反対側に座るアスラン様もうなずく。

「あぁ。この時期は人がいないと聞いてはいたが、本当に誰もいないな」

「はい。とてもありがたいです。では行ってきます」

「気を付けて」

「はい！」

私は上着を脱ぐ。その下には動きやすい水を通さない服を着用しており、口元には、アスラン様に作ってもらった水中でも一定時間呼吸を保つことのできる魔術具をくわえている。

一応五分程度であれば呼吸は保てるのだけれど、アスラン様からの魔術具があるとそれ以上に潜っていられるのでありがたい。

私はアスラン様と視線を交わし合いうなずくと、ボートを降りて水中へと潜る。

水の中は、とても静かであった。

太陽の光が水面近くでは揺らいで見えるけれど、下に行けば下に行くほどに光が届かなくなっていく。

私は魔術具の灯りをつけ、潜っていく。

今回目指すのは水中に生えている特殊薬草と、湖底の泥の採取である。

ゆっくりと潜っていくと、私のすぐ横を巨大なナマズが通り抜けていく。

それをよけながら、潜っていくと、今度は小さな魚の大群に私は囲まれる。

魚達の輪を私は抜け、ひらひらと手を振ってから湖底へとたどり着くと、腰に備え付けていた瓶に泥を採取する。

それから湖底を泳いで進み、目的であった特殊薬草を採取すると水面へとゆっくりと上昇していく。

空からキラキラと降り注ぐ光が、水面で反射して揺れているのが見えた。

水面から顔を出し、口にくわえていた魔術具を取る。

「無事採取できましたぁ」

「ふぅ。良かった。さぁ手を」

「はい」

私はアスラン様に手伝ってもらいボートへと戻ると、アスラン様が私の体を大きなタオルで包み、それから頭を小さなタオルで優しく拭いてくれる。

「急いで湖畔にある宿へ向かおう」

「ふふふ。はい」

アスラン様がボートを漕いでくれるので、私は採ってきた特殊薬草をポシェットへと片付け、それから頭をタオルで拭いた。

宿へ着くと、すぐに部屋に入り私はシャワーを浴びる。

アスラン様は隣の部屋なので、すぐに会いに行ける。それが何だか嬉しかった。

タオルで拭き、乾かした後、私は今日の為に用意したワンピースへ袖を通し、髪の毛も下ろして、以前アスラン様からもらったピンを付けた。

採取も終わったので、ここからは休暇である。

「ふふふふふ。アスラン様と一泊二日。ふふふ」

にやにやとしながら私は鏡に映る自分を確かめた。

「よし……多分、大丈夫」

この後は、二人で食事の予定である。

私は楽しみにしながら部屋を出ると、アスラン様の部屋をノックした。

すぐにアスラン様は扉を開けてくれて、私達は宿のレストランへと向かった。

席に着いた私は、私服姿のアスラン様も素敵だなぁとぼーっと眺めていた。

すると、アスラン様はちらりと私を見てそれから少し視線を逸らす。

「……君は、可愛いな」

「え？」

突然どうしたのだろうかと思っていると、アスラン様は私の手を取ると言った。

「かっこいいし、可愛い」

「かっこ、いい？」

どうしたのだろうか。

アスラン様は、窓から見える湖を眺めながら言った。

「ここに採取に来たいと言われた時には、水中も行くのかと少しばかり驚いたのだが、見事にやり切る姿が、かっこいいなぁと思った」

「ふふふ。なんだか、アスラン様からかっこいいって言われると不思議な気持ちです」

私の言葉に笑みを浮かべて同意するようにうなずく。

「私も、めったに使わない言葉だ」

「ふふ。私にとっては、アスラン様がとってもかっこいいです」

そう伝えると、アスラン様は微笑み私の頬へと手を伸ばした。

優しく触れられて、ドキリとするとアスラン様は私の髪の毛を指に絡めて遊びながら呟く。

「君にそう言ってもらえるなら、光栄なことだな」

美丈夫の微笑みとは打撃力がすごい。

私は心臓を押さえ、飛び出さないように深呼吸をする。

「と、突然甘い雰囲気全開にしないでください！　し、心臓に悪いです」

「ふふ……君が可愛いから」

「アスラン様！」

「あはは。すまんすまん」

私がアスラン様に弱いことをよくご存じなようで、たまに二人きりの時にこうやってからかってくる。

美丈夫の破壊力を本人は分かっていないようだから厄介だ。

いや、分かっているからやっているのか。

そんなことを考えていると、料理が運ばれてくる。

「たまにはこうやって二人で食事というのもいいものだな」

アスラン様の言葉に私はうなずく。

「そうですね」

地域特産の魚がメインの料理を美味しくいただいた。

最後にデザートまで食べ、私達は今度こそデートらしく湖畔を散歩することにした。

手を繋いでのんびりと歩いていく。

湖を見ると、太陽の光を反射しながら美しく輝いていて、私はくすりと笑った。

「どうかしたのか？」

そう尋ねられ、私はうなずくと湖を指さした。

「さっきまであそこに潜っていたんだなぁと思って。そしたらなんだかおかしくって」

「確かに。……シェリー。君は採取する時、怖い時はないのか？」

そう尋ねられ、私は少し考える。

怖いか怖くないかで尋ねられると、あまりそこに関しては考えたことがなかった。

「そうですねぇ……採取者の仕事は常に死と隣り合わせ。気を抜いたら死ぬぞって言われていたので、恐怖は一瞬のミスに繋がりますし……恐怖をあまり感じたことはないかもしれません」

私の言葉に、アスラン様は足を止める。

「……そうだよな」

「はい。師匠からそういう訓練を受けています。集中できなければ隣は死。だから、集中すべき時には、一つのことに集中をする。それが心得です」

「そうか。……シェリー。大変ではないか？」

アスラン様がまた歩き始め、私は景色を眺めながらその歩調に合わせて歩く。

「大変ではないです。むしろ……楽しいです」

「どんなところが？」

「私が採取したもので、助けられる命があるかもしれない。誰かの役に立てるかもしれない。そう思うと、採取するのが楽しいです。それに私は、山の匂いも、雨の冷たさも、自然の中の全てのことが心地いいんです」

「心地いい？」

アスラン様の視線を感じて私は顔をあげてうなずく。

「はい。瞼を閉じれば、ここにも生きている人達がいます。それを感じていると、自分も生きていると感じて……だから、心地いいんです」

「そうか」

湖畔は静かで、時折風に揺れる木々の音や鳥の鳴き声がよく聞こえる。

私達はのんびりとした時間を過ごしながらお互いの手をしっかりと握って歩いていく。

「アスラン様は、いつから魔術師になろうと思ったのです？」

そういえば聞いたことがなかったなと思い尋ねると、少しばかり間が開き、アスラン様はゆっくりと口を開いた。

「私が覚えている最初の記憶は、焼け野原なんだ」

「え？」

思ってもみない言葉に、足を止めてアスラン様を見ると、どこか遠くを見つめながらアスラン様は言葉を続けた。

「そこで私は先代の魔術師長ロム殿に拾われた。何もなくて、空腹で、心の中には何もなかった。そんな私の心の穴一つ一つを埋めるように、ロム殿は世界の美しさを教えてくれた。そんな私はロム殿が夢中であった魔術にすぐにのめりこんだ」

「……優しい方だったんですね」

「あぁ。記憶のない私を拾い、育て、そして立派な魔術師にしてくれた。今住んでいる屋敷はロム殿から引き継いだものなんだ」

「そうだったのですか」

「あぁ。ロム殿は五年前に亡くなり、それから私が魔術師長を引き継いだのだ」

初めて聞くアスラン様の過去。

アスラン様は懐かしむように呟く。

「ロム殿にシェリーを会わせたかったな。……あの人、私に早く恋人を作れとうるさかったんだ」

「そうなんですか？」

「ああ。今思えば……多分私が一人きりになるのを心配していたんだろうな」

きっとアスラン様とロム様はとても仲が良かったのだろう。

優しい微笑みを浮かべながら昔の話を聞かせてくれた。

アスラン様の幼い頃の一面も知ることができて、私は嬉しく思う。

ただ、会話の中で師匠同様にロム様の厳しい一面がちらりちらりと見え隠れしているのに私は気づいた。

「多分……ロム様と師匠は気が合うと思います」

私がそう呟くと、アスラン様も笑ってうなずいた。

「おそらくそうだろうなぁ」

その後、私達は笑い合いながら、師匠に頼まれたすごく驚いたお使いシリーズの話をした。

他愛ない話を、お互いに絶対にそれは無理だと言いながら笑い合い、楽しい時間を過ごした。

「シェリー。一つお願いがあるんだ」

「なんです？」

「今度、ロム殿の墓参りに一緒に行ってくれないか？　その……恋人ができたと、その、恥ずかしいのだが報告したいのだ」

私はその言葉に大きくしっかりとうなずいてみせる。

「もちろんです。ふふふ。ちゃんとご挨拶しないとですね」

「ありがとう。ロム殿は心配性なところがあったから、ちゃんと伝えておかないと化けて出てきそうでな」

笑いながらアスラン様はそう言い、それから空を見上げた。

「……あぁ、暗くなってきたな」

「そうですね」

少しずつ少しずつ空の色が変わっていく。

話をしていると時間があっという間に流れていく。

「シェリーと一緒だと、時間が早いな」

「私も同じことを思っていました」

私もアスラン様も、お互いのことを話して、距離が近くなってきているように思う。

私達は私達のペースで、関係を深めていきたいなとそう思った。

翌日、私達は身支度を整えてポータルを使い魔術塔へ帰ったのだけれど、塔の中がすごいことになっていて、一日で一体何があったのだろうかと呆然とした。

なんと、魔術塔の中が植物だらけになっていたのである。

「……これは……」

「何が、あったんですかねぇ」

スンッとアスラン様の表情が張り付けたような笑みに変わる。

なんだか魔術塔の三人はよく何かしらを起こして驚かせるなと思いながら私達が魔術塔を上っていくと、部屋には植物で逆さづりにされている三人がいた。

「アスラン様ぁ！　シェリー！」

「助けてくれぇ」

「こりゃまいりましたぁ」

悲鳴を上げている彼らに、アスラン様は腕を組む。

「一体全体……これは何事だ」

つるされた三人をよそに、鳥ちゃんが楽しそうに空を飛んでいる。

「いや……嫌なことをしたら前に植物を枯らしたので……」

「大喜びさせたらどうなるのかなって」

「そしたらこうなりましたぁ」

「ぴよぴよ！　ぴーよぴよぴよ！」

気持ちが高ぶっているのか、鳥ちゃんはびゅんびゅんと飛び回っており、その様子を見つめながらアスラン様が大きくため息をつく。

けれど、アスラン様は視線を自分の机の上の鉢に向けて、勢いよくそれに駆け寄った。

「嘘だろう。枯れてしまって、もうだめだと思っていたのに！」

アスラン様の実験用の鉢植えの植物が、今では生き生きとしており、枯れていたとは思えないほどに回復している。

アスラン様は嬉しそうに瞳を輝かせると笑顔で言った。

「よくやった！」

「「わーい！　三年ぶりくらいに褒められたぁ」」

三人は逆さづりになりながらも喜んでおり、鳥ちゃんも嬉しそうにぐるぐると飛び回っている。

どうやってこんなにも鳥ちゃんを喜ばせたのだろうかと思いながら視線を走らせると、机の上にお菓子やおもちゃや魔術具が散らかっていた。

色々と試行錯誤したのだろうなと想像して笑ってしまう。

「今下ろしますね」

私とアスラン様は三人を下ろし、その後は皆で一緒に魔術塔の中の植物の片付けをすることになった。

鳥ちゃんは満足したのか、眠ってしまっている。

「はあぁぁ。片付け大変～」

ベスさんがそう声を漏らすと、アスラン様が意味深に呟いた。

「本当に、これで何回目だろうなぁ」

「さー！　頑張るぞ！　フェン！　そっちの荷物あっちに片付けようぜ！」

「そ、そうだねぇ。あ、ほらベス。頑張ろう頑張ろう！」

「そ、そうねぇ！　はい！」

そわそわと動く彼らに、私は我慢しきれずに笑い声をあげた。

色々あるけれど、これからもこの魔術塔で頑張っていきたい。

そして少しずつ皆のことも、アスラン様のことも、今以上に知っていきたいなと思ったのであった。

おしまい

あとがき

皆様こんにちは。作者のかのんと申します。このたびは、本作を手に取っていただきありがとうございます。二巻を出すことが出来て、本当に嬉しく思っております。

本作のシェリーちゃん、二巻になってさらにパワーアップです！　躍動的に活動し、そして自分の居場所を自分でしっかりと作り上げていく。一巻よりもさらに書くのが楽しくて、書きながら大活躍するシェリーちゃんやアスランの姿にわくわくとした気持ちになりました。

そして二巻では知られざる師匠ロジェルダも登場いたします。一巻の時から構想はすでにあったのですが、書いていて本当に楽しいキャラでした。また、今回の小説の鍵となる新キャラの鳥ちゃん。この鳥ちゃん、最初は名前をつけようと編集様とも話していたのですが、「鳥ちゃん」で馴染んでしまってそのままに……。鳥ちゃんに名前はつくのでしょうか。いつか名前募集したいなぁなんて思っています。

今回もイラストを描いてくださったのは四季童子先生です！　私、四季先生のイラスト大好きで、編集様とキャッキャしながら熱くメールをやり取りしていました。四季先生に描いていただくと、キャラクターに命が吹き込まれて、そのキャラが動き出すんです。四季先生のイラストについて語りだすと止まらないので、この辺にしておきます。全部素敵ですが、美しきロジェルダ（腰痛いとか言うのにイケメン……）と、鳥ちゃんの表情豊かなところも見どころですよ。

ＳＱＥＸノベル様、編集の皆様、四季童子先生、関係各所の皆様、この本を作り上げることが出来たのも皆様のおかげでございます。心より感謝申し上げます。

読者の皆様、二巻も手に取っていただき、本当にありがとうございます。

またお会いできることを願っております。

それでは、失礼いたします。

「聖女の姉」2巻をお手に取っていただき、ありがとうございます。
挿絵担当の四季童子です。

今回登場の新キャラ達ロジェルダ、鳥ちゃん、マスター、
とても楽しくデザインさせていただきました。
みんな個性豊かでいいキャラですよね。

中でもシェリーのお師匠、ロジェルダはいろいろと凝ったデザイン
になりまして、結果かなりお気に入りです。
腰が痛い、おじじくさいカットもあったのですが。
どこかで出せないかな…。

著者のかのんさんには、ラフや原稿をお届けするたびに
ものすごく熱い感想をいただけて、めちゃくちゃ元気を
いただいてます。
シェリーやアスラン様たちの今後の活躍、楽しみにしています。

SQEXノベル

聖女の姉ですが、妹のための特殊魔石や特殊薬草の採取をやめたら、隣国の魔術師様の元で幸せになりました！ 2

著者
かのん

イラストレーター
四季童子

2024年5月7日　初版発行

発行人
松浦克義

発行所
株式会社スクウェア・エニックス
〒160-8430
東京都新宿区新宿6-27-30　新宿イーストサイドスクエア
（お問い合わせ）スクウェア・エニックス　サポートセンター
https://sqex.to/PUB

印刷所
図書印刷株式会社

担当編集
長塚宏子

装幀
小沼早苗（Gibbon）

ISBN978-4-7575-9145-5 C0093　　Printed in Japan